LES PARFUMS D'IRIS

Florence Roche

LES PARFUMS D'IRIS

Roman

Éditions de Noyelles,
avec l'autorisation des Presses de la Cité.

31, rue du Val de Marne, Paris.

ISBN : 978-2-298-15410-8

Première partie

L'ATELIER AU BORD DE LA MER

1

Iris avait marché jusqu'au bout de la jetée. Elle s'était assise sur le banc aux planches vermoulues et usées par le vent marin. Elle caressait distraitement le bois, habitée par des pensées diffuses. Des mèches de cheveux s'échappaient de son chignon et, de la main, elle les repoussait en arrière. Geste machinal. Elle venait souvent ici rencontrer l'océan, accueillir son souffle sur son visage, son bruit, son humidité salée, ses odeurs. Elle les aimait. Elle avait grandi dans cet univers à la fois coupé du monde et ouvert sur le large.

Aussi loin que remontaient ses souvenirs, elle avait toujours connu ce petit port, à l'entrée du golfe du Morbihan : Nialvic. C'était un joli mouillage sur une baie bleu et gris, un village de pêcheurs, d'artisans et de commerçants, poussé là voici des siècles, vivant de la mer, cette mer parfois déchaînée, houleuse, parfois calme et limpide comme un lac. Elle offrait chaque jour un spectacle différent, une ambiance différente, un bain d'émotions différent. Iris venait souvent s'y ressourcer et retrouver ce qu'elle était, qui elle était. Ici, dans ce port où son père Hippolyte avait pour clientèle des gens simples vivant dans ces maisons de pierre au toit gris, ces maisons qui semblaient emprisonner la lumière du soleil, la refléter et l'embellir. Les bateaux, amarrés au port ou reposant sur le flanc à marée basse, apportaient eux aussi leurs couleurs au décor.

Iris contempla l'île de Méaban ainsi que l'étonnant passage entre l'océan et les eaux du golfe. Même à cette heure, par temps calme, elle pouvait voir les vagues se lever. Sur sa droite, les îlots paraissaient courir dans l'océan, et, en face d'elle, les plages s'étalaient, impassibles. Le bruit était continuel, ce bruit des flots de l'enfance d'Iris, de sa jeunesse et, à présent, de son âge adulte. Depuis la fenêtre de sa chambre ou celle du laboratoire de son père, elle avait toujours entendu le ressac contre les quais et sur la grève au bout du village. Ce bruit la tranquillisait, comme la respiration d'un être cher, peut-être celle de sa mère, qu'elle n'avait jamais connue.

Le bruit des vagues lui avait manqué au pensionnat, mais aussi les embruns, le parfum de la mer, le simple fait de pouvoir marcher au bord de l'eau, de croiser les pêcheurs, les dockers, leurs sourires amicaux et joviaux. Elle s'était languie de ce pouvoir qu'avait l'océan d'atténuer ses peines et ses mauvaises pensées. Elle s'était sentie arrachée à un nid, coupée d'un milieu qui l'avait protégée, qui avait bercé ses jours et ses nuits dans un bonheur absolu d'enfant. La séparation d'avec son père avait été terriblement douloureuse. Elle ne l'avait jamais quitté avant ses douze ans. Jusque-là, elle allait simplement à l'école du port et rentrait tous les soirs. Son père, pharmacien-apothicaire, complétait l'enseignement, surtout en sciences. Il avait voulu qu'elle apprenne l'allemand, qu'il parlait lui-même couramment.

Quand Hippolyte avait placé Iris au pensionnat, il avait veillé à ce qu'elle revienne tous les dimanches, mais Iris ne s'était jamais faite à l'idée de vivre séparée de lui. L'institution n'était pas loin, enfoncée dans les terres au niveau de Belleville. Elle ne supportait pas ces espaces infinis, ces paysages plats, sans la présence immédiate de l'océan. Larmes et sanglots n'avaient pas suffisamment amadoué son père pour qu'il la garde auprès de lui, ni les bonnes sœurs. Une nuit, elle avait tenté de fuir, et on l'avait retrouvée à l'aube, errant dans un champ, frigorifiée. Hippolyte n'avait pas cédé. Il tenait à ce que sa fille ait une excellente éducation, qu'elle connaisse le bon français, l'allemand, le latin.

Cette déchirure avait malgré tout eu du bon. Iris le reconnaissait, à présent : elle possédait une culture générale dont peu de jeunes filles de son âge pouvaient se targuer. Avec le temps, elle en était venue à admirer certains professeurs qui lui avaient donné le goût du savoir. Elle avait aimé étudier et approfondir ses connaissances. Comme son père, pharmacien et chimiste de formation, elle croyait à l'importance de l'instruction. Et puis l'internat lui avait permis de se lier d'amitié avec Hortense et Marie, originaires de Nialvic, qui, comme elle, souffraient de la séparation d'avec leur famille. Elles s'étaient croisées auparavant, sur le port, se connaissaient de nom, mais le pensionnat avait construit et solidifié une véritable amitié entre elles. Elles avaient passé sept années comme des sœurs, dans les mêmes classes et dans le même dortoir. Hortense était une fille de famille bourgeoise, une jeune fille pâle et fragile, au caractère calme mais exalté. Son joli visage, encadré de cheveux très blonds, donnait une impression permanente de douceur. Deux fossettes accentuaient cette expression de bonté qu'elle dégageait. Elle était sentimentale, lisait des romans d'amour qui la faisaient rêver. Elle les racontait à Iris et Marie, le soir, quand elles étaient au lit, et ses yeux étaient alors plus bleus que d'habitude.

Marie était au contraire d'une nature plus sauvage, presque masculine. Son caractère bien trempé l'amenait souvent à s'emporter, à s'agacer, à se quereller, mais il cachait mal une nature généreuse et aimante. Elle avait toujours su consoler Iris, en lui tenant la main, en la faisant rire, en tentant coûte que coûte d'éloigner ses pensées négatives.

Ce jour-là, le regard plongé dans le bleu de l'horizon, Iris était soulagée d'avoir achevé ses études au pensionnat. Elle allait désormais rester à l'officine avec Hippolyte, faire ce qu'il lui avait appris : soigner les habitants du port, apaiser leurs douleurs. Elle savait beaucoup de leur vie, de leurs tracas ou de leurs souffrances. Avec son père, elle confectionnait les remèdes qu'ils venaient chercher à la boutique ou qu'elle leur apportait à domicile, dans son panier d'osier, avec précaution – les préparations contenaient des substances chères et souvent rares. Mais elle était patiente et dévouée. Ces deux qualités, elle les tenait de son père, par éducation, par mimétisme.

Elle avait toujours vu Hippolyte s'affairer dans son laboratoire, obscur et encombré, à manipuler des flacons, des plantes séchées, des huiles et des herbes qu'il humait en fermant les yeux, pour mieux les reconnaître, pour mieux s'en imprégner. Il sentait des fioles, agitait des pinces, sentait encore, étalait une pommade sur le dos de sa main, l'essuyait, recommençait, ajoutait une essence naturelle, un élément chimique. Ses gestes, Iris les connaissait par cœur. Elle avait passé son enfance auprès d'Hippolyte à l'observer, à feuilleter ses livres de sciences, ses recueils sur les vertus médicinales des plantes, son herbier. Elle avait pris l'habitude de noter tout ce qu'elle apprenait dans son journal, qui contenait à présent des pages et des pages de formules, de modes d'emploi, d'expériences, de comptes rendus de visites avec Hippolyte, de ce qu'elle avait appris sur le tas, dans le laboratoire ou avec le médecin, qui les emmenait avec lui quand il avait besoin de petites mains ou de conseils. Dans le journal d'Iris, les acquis scientifiques se mêlaient à des notations personnelles qui rapportaient ses problèmes d'enfant, puis d'adolescente. Il lui avait servi de confident, de compagnon ; elle y témoignait des scènes difficiles de patients accidentés ou gravement malades, et de mort. Malgré tout, son avenir lui apparaissait satisfaisant, prometteur et réglé, et son père la confortait dans son désir de poursuivre dans la même voie que lui.

A Nialvic, elle pourrait voir Marie, qui assistait son père à l'étude notariale ; quant à Hortense, elle avait ouvert une boutique de vêtements pour femmes sur le port, financée par sa famille, une des plus riches de la région. Les Defay vivaient de leurs rentes, ayant accumulé une fortune au cours des siècles passés, dans le commerce d'esclaves, disait-on. Hippolyte n'appréciait guère les parents d'Hortense et il l'avait fait comprendre à Iris. Elle s'en moquait. Elle aimait Hortense pour ce qu'elle était, pour la douceur de son caractère qui l'avait aidée à supporter la pension, et non pour son entourage. D'ailleurs, la réticence était réciproque : la famille d'Hortense résidait dans une villa ceinte de hauts murs, à l'écart de la ville portuaire. Iris n'y était pas la bienvenue. Quand elle rendait visite à Hortense, elle sentait le regard lourd de sa mère et le sourire faux, un peu méfiant et méprisant, du père. A leurs yeux, Iris était la fille de l'apothicaire, ce petit bonhomme à la fois guérisseur et pharmacien qui ne se contentait pas de préparer des potions recommandées par le médecin. On savait qu'Hippolyte avait ses propres recettes, des préparations dont lui seul connaissait le secret. On disait qu'il s'enfermait des heures avec sa fille dans son labo aux mille effluves.

Surtout, on ignorait d'où venait cet homme étrange qui se dissimulait derrière les verres épais de ses lunettes. Il était arrivé dans la ville une vingtaine d'années auparavant, un matin d'octobre 1945, avec sa fille et une valise, un peu hagard, comme tombé du ciel. Il était veuf. Il avait acheté comptant la boutique et il avait ouvert son laboratoire d'apothicaire-pharmacien. Il gagnait bien sa vie malgré les soins gratuits dont il faisait profiter les malheureux du port. Cette humanité l'avait rendu populaire. Et surtout, il venait à bout des maladies de peau ou des désordres intestinaux grâce à des remèdes efficaces. Hippolyte était un cartésien, un scientifique. Il pestait sans cesse contre ceux qu'il appelait des charlatans, rebouteux et herboristes improvisés qui surgissaient parfois dans le port. Sa façon de travailler n'avait rien d'empirique : il connaissait les plantes et les fleurs, leurs vertus ou leurs dangers, appris dans des manuels signés par des érudits. Il s'informait au jour le jour des nouveaux médicaments mis en circulation. Pour lui, son savoir-faire relevait de la science et il le répétait souvent à sa fille : « Vérifie toujours les vertus des plantes ou la composition des produits, ne laisse pas de place au hasard, il peut être dangereux. » Iris avait recopié plusieurs fois cette phrase, en rouge, dans son journal.

Le labo était situé derrière la boutique, au fond de la maison, à l'angle de la rue de la Marée. Cette artère étroite et tortueuse partait du port et remontait jusqu'à la place du marché où trônait l'église. On y trouvait les principaux commerces, les bistrots. Les jours de tempête, la voix du vent se faisait entendre, continuellement, mêlée à celle des vagues se brisant sur la jetée.

Hippolyte recevait les clients dans la boutique du rez-de-chaussée qui donnait sur la rue. L'endroit, au plancher de bois ciré, était vaste et clair. Des étagères portaient des centaines de boîtes, de flacons, de bocaux de plantes, de pommades, de décoctions. De fait, l'échoppe était chaleureuse, colorée, la profusion et un apparent bazar rassuraient les patients. Hippolyte et Iris savaient pourtant s'y retrouver, les emplacements des produits répondaient à une organisation réfléchie : ici, on trouvait les plantes médicinales sèches, vendues au poids, et les petits pots d'onguents avec leurs noms savants en latin ; là, les essences naturelles, qui coûtaient fort cher, et les solvants, l'alcool, l'éther, le méthanol, le bleu de méthylène, et tous les remèdes qui permettaient de désinfecter ou de confectionner des lotions cicatrisantes ; sur des étagères en hauteur, les médicaments que prescrivait le médecin, essentiellement des antibiotiques. Pour accéder au laboratoire, il fallait se faufiler derrière le comptoir et passer une porte basse qu'Hippolyte verrouillait soigneusement aux heures d'ouverture.

Il restait à Iris, simple bachelière, beaucoup à apprendre et son père envisageait de l'inscrire en faculté de sciences à Rennes. Cependant, depuis l'enfance, Iris était capable de servir un client. Hippolyte l'avait initiée aux plantes médicinales, qu'elle avait appris à maîtriser : il y avait les antiseptiques allant de l'absinthe à la menthe poivrée en passant par le miel de lavande pour les maux de gorge ou le thym pour la toux, les anti-inflammatoires utilisés en rhumatologie : frêne, reine-des-prés, mélilot, racines d'harpagophyton. Venaient ensuite les astringents : airelles, alchémille, lamier blanc, lierre et sarriette. Puis les produits pour le cœur et la circulation sanguine : l'aubépine, la vigne rouge, et le marronnier d'Inde, fort coûteux. Iris pouvait confectionner elle-même les préparations et les servir. Seul lui était interdit de vendre des produits médicamenteux chimiques – mais la plupart des clients étaient demandeurs de recettes naturelles. Iris recevait des femmes soucieuses de perdre du poids après leur grossesse et leur conseillait des feuilles de lin qui coupaient la faim ou des plantes diététiques tels le thé vert ou la reine-des-prés.

Comme diurétique, Iris vantait les mérites du mélilot officinal et de la linaire commune, ainsi que son père le lui avait enseigné. Pour la peau, Hippolyte possédait l'art des onguents et des pommades qu'il conservait dans des bocaux en verre. Selon le cas, il vendait de la bourrache pour les sécheresses cutanées, de la chélidoine contre les verrues, de l'ortie mélangée à de la fumeterre ou de la pensée contre les eczémas, de la prêle ou de la bardane contre l'acné et des eaux de rose ou de bleuet pour le soin du visage.

Beaucoup de demandes concernaient des problèmes de digestion. Aussi les remèdes étaient-ils tout près du comptoir, sur une étagère basse : il y avait là de l'aigremoine, des fraisiers, de la ronce commune broyée, du séné, de la bourdaine, du maté, très cher car provenant du Paraguay, et du plantain. Les remèdes contre les maux de ventre étaient juste au-dessous, parce que très prisés. Hippolyte les conseillait en tisane ou en décoction : l'angélique, le basilic, la badiane, la camomille, la coriandre, le fenouil, le genévrier, la sarriette ou la menthe. Les cholagogues étaient achetés en quantité par les marins pour lutter contre le mal de mer. Les pêcheurs réclamaient quant à eux des produits pour les yeux, que le vent salé mettait à l'épreuve : de l'airelle, de l'euphraise officinale, des bleuets et des myrtilles séchées. Certains partaient avec des vulnéraires en cas de coupures : essentiellement des extraits de plantain, du millepertuis ou du chou blanc. D'autres prenaient des clous de girofle pour les douleurs buccales. Leurs femmes restées au port sollicitaient des plantes contre l'insomnie, valériane et passiflore, ou contre la tristesse, du millepertuis, de la *Griffonia simplicifolia* ajoutée à l'aubépine et à des feuilles d'oranger. Pour leurs enfants, élevés au grand air marin, les femmes faisaient provision d'eucalyptus, de marjolaine, de thym et de bouleau afin de lutter contre les rhumes ou les coups de froid.

Parfois, Hippolyte montrait à un patient comment doser et utiliser lotions ou plantes. Dans ce cas-là, il disparaissait avec lui dans son laboratoire. Il travaillait en connivence avec le médecin du port, le docteur Duras, un homme affable et savant qui ne prenait pas ombrage de la notoriété de l'apothicaire chez qui il se fournissait. Les deux hommes échangeaient leurs impressions, leurs avis sur tel ou tel cas, d'égal à égal, comme si le médecin mesurait l'immensité du savoir d'Hippolyte. Plus d'une fois, celui-ci avait orienté le docteur Duras vers tel ou tel diagnostic, toujours avec succès. Son expérience lui avait valu une réputation qui débordait du strict cadre local. Il n'était pas rare que des marins ou des dockers de passage fassent une halte chez lui, ayant entendu vanter ses mérites par d'autres hommes de la mer, dans d'autres ports. Parfois, des semaines ou des mois plus tard, ils revenaient pour le remercier de leur guérison et lui offraient un cadeau. C'est ainsi que s'accumulaient dans son appartement des porcelaines de Chine, des figurines grecques ou des soieries d'Asie.

Sans être riche, Hippolyte tenait au confort et à une certaine aisance. Iris se demandait souvent d'où lui venaient ses habitudes de luxe, mais celui-ci ne disait quasiment rien de son passé, sinon qu'il avait grandi dans le Midi parmi les fleurs. Il avait fait le choix de mener sa propre existence, seul, et ailleurs. L'unique fois où Iris lui avait demandé pourquoi il ne voyait plus les siens, Hippolyte n'avait pas répondu. Il avait coupé court à toute question. Leur vie était ici, dans le port, sans autres attaches ni liens familiaux. Au sujet de la mère d'Iris, il demeurait évasif. Elle était morte peu après l'accouchement, d'une hémorragie.

Pour accéder à l'étage, il fallait passer par le labo et emprunter un escalier de bois à peine visible dans la pénombre. Dans l'appartement, un salon lumineux occupait presque toute la surface, éclairé par des grandes baies vitrées ouvrant sur le port et l'océan, chauffé par deux cheminées en pierre. D'immenses bibliothèques couvraient la totalité des murs. Un bureau recevait la lumière du jour, pratiquement sous la fenêtre. Au centre de la pièce, deux banquettes rouges aux pieds moulurés étaient disposées autour d'une table basse. Derrière une cloison, la cuisine, petite et fonctionnelle, permettait à Iris et à son père de prendre ensemble leurs repas sous les batteries de casseroles et les couverts, pendus près de la cuisinière et du fourneau.

Les chambres d'Hippolyte et d'Iris donnaient sur la rue, pas sur la mer, et le père et la fille n'y allaient que pour dormir ; ils lisaient, discutaient et travaillaient au salon ou dans l'atelier. Combien de nuits y avaient-ils passées tous les deux, à la lueur des lampes, à confectionner une pommade ou tester une lotion ?

Iris restait parfois assise sur la chaise en osier à regarder son père élaborer une préparation, pester, recommencer, pester de nouveau. Il lui arrivait de s'éclipser quelques instants pour consulter ses carnets ou ses notes, qu'il dissimulait dans sa chambre. Iris connaissait sa cachette depuis qu'elle était enfant. Un soir, elle devait avoir huit ou neuf ans, Hippolyte lui avait confié l'existence d'un endroit secret, une grande cavité située sous une pierre de la cheminée. Il lui avait montré le fonctionnement de l'ouverture de la trappe. Il y avait entreposé ses notes et ses recettes, ainsi que quelques livres anciens et précieux. Il lui avait demandé d'attendre qu'il soit mort pour les lire. Malgré sa curiosité, jamais elle n'avait eu envie de lui désobéir et d'y fouiller derrière son dos. Il lui enseignait tout son savoir, peu à peu. Il croyait en elle, avait confiance en elle. Il l'avait convaincue de poursuivre son œuvre et de pratiquer « le même art », selon ses termes, un art noble et honnête au service des souffrants. Sans tricher. Il disait avoir appris les formules et les bienfaits des plantes et des fleurs au fil de sa vie, de voyage en voyage, de pays en pays, d'expérience en expérience. Il avait parcouru de nombreuses contrées d'où il se faisait livrer certaines plantes sèches : la Syrie, la Russie, le Canada, l'Australie. Il racontait ses voyages à Iris quand elle était petite avant qu'elle s'endorme. C'était comme des contes, des histoires qui la ravissaient et la berçaient. Elle se souvenait d'un soir où son père avait interrompu son récit avant la fin, la voix enrouée où perçait un sanglot. Il lui racontait la Provence et parlait d'une falaise donnant sur la Méditerranée, près de Grasse. Les gens du pays l'appelaient « la falaise des Fous de Dieu », un navire partant à la croisade ayant jadis fait naufrage à proximité…

2

Il faisait beau en ce mois de juillet 1965. Iris flânait avant de rentrer chez elle, sa tournée enfin achevée. Au début de l'après-midi, son père l'avait envoyée livrer des remèdes : chez l'une de la marjolaine, chez une autre de la bourrache, sur le port de l'aspirine et ailleurs dans la petite ville quantité de fioles et onguents. Elle ne se plaignait pas. Les clients l'accueillaient toujours avec chaleur et ne manquaient pas de la remercier par un cadeau ou une douceur, un peu de far breton, une part de quatre-quarts moelleux. Mais elle était épuisée d'avoir tant marché et discuté. Elle avait envie de retrouver sa maison et son père.

Perdue dans ses pensées, elle parvint devant la boutique, fermée à clé et plongée dans le noir. Elle haussa les sourcils. C'était bizarre. Hippolyte se faisait un devoir de laisser sa porte déverrouillée en permanence, même la nuit, car la maladie n'avait pas d'heure pour frapper. Iris contourna la maison par la pelouse parsemée de rosiers et jeta un coup d'œil dans le laboratoire par la petite fenêtre percée à fleur de sol sur le flanc gauche de la demeure. Elle se baissa et aperçut Hippolyte qui faisait face à une femme très élégante. Stupéfaite, Iris se plaqua contre le mur, comme si elle venait de commettre une indiscrétion. Elle glissa à nouveau un regard prudent par le fenestron, intriguée. La femme, qui semblait assez âgée, était drapée dans un manteau de satin noir garni de ganse au col et aux manches en fourrure de renard. Son chapeau cloche lui couvrait presque les yeux, si bien qu'Iris avait du mal à distinguer ses traits. Elle vit des rides profondes et devina une expression d'inquiétude.

Iris s'approcha de la porte de derrière. C'était une ouverture basse qui permettait d'approvisionner la remise située au fond du magasin. Elle était ouverte. Iris s'y glissa, avança discrètement jusqu'à la cloison qui séparait la remise du laboratoire et écouta la conversation, l'oreille collée contre le mur.

— C'était ma liberté de partir et de changer de vie, tu n'avais pas le droit de me rechercher, disait Hippolyte d'un ton ferme.

— J'ai engagé des dizaines de détectives pour écumer la France et te retrouver, rétorqua la femme. Cela m'a pris vingt ans. Mais je n'ai jamais renoncé. C'était ce que voulait notre père. C'est ce que voulait Médare.

— Je ne retournerai jamais à Grasse !

— Tu ne peux pas cracher de la sorte sur les tiens et leur héritage. La fortune t'attend. Ton vrai métier t'attend. Ici, tu brûles ton talent.

— Je ne suis plus des vôtres, la coupa Hippolyte vivement. Je vous l'ai dit, à tous, le soir de mon départ, en 1945. Vous m'avez brisé. Hors de question que je revienne dans cette entreprise familiale pourrie de l'intérieur. Vous n'existez plus à mes yeux.

L'étrange visiteuse fit quelques pas, s'arrêta, parut réfléchir, chercher les mots justes. Elle soupira et lâcha :

— Et tu vas laisser notre nom déchoir par orgueil ?

— Par douleur.

La femme fit encore quelques pas rageurs dans la pièce, bousculant des flacons qui s'entrechoquèrent dans un léger tintement.

— Regarde ta vie, Hippolyte ! s'écria-t-elle. Ton horizon se limite à un taudis, un port perdu, une boutique de semi-sorcier misérable. Alors que tu as de l'or dans les mains !

— Ma vie est riche ! répliqua Hippolyte d'un ton furieux. Tu ne comprendrais pas. Vous ne m'avez jamais compris, ni toi ni les autres.

— Nous sommes les plus grands ! Nous sommes les Dorian ! C'est notre devoir de perpétuer notre savoir-faire ! Mais il y a cette foutue malchance, cette espèce de malédiction de notre sang ! Le talent ne doit pas céder devant le sort. Nos aïeuls nous ont toujours montré comment sauver notre famille.

— Jusqu'à l'absurde ! s'emporta Hippolyte. Jusqu'à la déraison ! Dois-je te rappeler ce que Bauer a fait à notre mère pour perpétuer notre lignée ? Dois-je te rappeler ce qu'il a fait à Julia Herd ? A cette pauvre fille de Hambourg condamnée à mort dans ses geôles ?

— Notre mère était Marguerite Dorian !

— C'était Julia Herd ! C'était Julia Herd avant que Bauer ne lui fasse avaler la ménoxiline !

La femme ne répondit pas. Un long silence s'installa.

— Je préfère mourir que de vous transmettre mes recettes et mes carnets, lâcha Hippolyte d'un ton plus calme.

— Je ne veux pas ta mort, susurra la mystérieuse visiteuse. Je t'aime, Hippolyte. Je t'ai toujours aimé. J'ai besoin de toi. Tu es notre unique espoir.

— Je suis désolé pour ton fils. Je ne peux pas l'aider. Je ne veux pas revenir parmi vous. Ne reviens pas ici. Ne m'envoie personne. Et sache qu'Iris ne connaît pas la vérité et ne la connaîtra jamais.

— Je m'en doute... Mais que lui as-tu dit, pour le signe ?

— Je me suis débrouillé.

La conversation cessa sur ces mots ; Iris entendit claquer la porte de l'atelier, les pas dans le petit escalier, le bruit de la serrure de l'entrée que l'on actionne, puis plus rien. Hippolyte demeura longtemps seul dans son laboratoire.

Iris contourna la maison et entra par la porte de la boutique enfin ouverte, comme si de rien n'était. Elle mesura l'émotion et la colère que la visite de la femme avait peintes sur le visage de son père. Sa mine était défaite et tourmentée. Tous ses traits trahissaient le doute, l'angoisse. Il tenta de sourire à sa fille et de voiler son trouble, en vain.

La femme avait laissé derrière elle un parfum poivré, puissant et tenace, qu'Iris ne connaissait pas. Cela ne ressemblait pas à une fragrance commune. Persistante, mais agréable. Hippolyte ouvrit la porte et la fenêtre de l'atelier comme pour la chasser, s'en défaire, pour qu'elle s'échappe. Il était blême, incapable de prononcer un mot. Il s'assit lourdement sur un fauteuil, soudain éreinté. Il monta se coucher très tôt, sans manger. Iris lui apporta une infusion au tilleul mélangé avec de la sauge, pour lutter contre le mal de tête qu'il avait prétexté. Il se redressa contre son oreiller et but en silence. Elle le regarda, assise près de lui sur le lit.

— Tu as eu une visite ? finit-elle par demander.

— Non, répondit-il sans la regarder en face. Des clients… C'est tout.

Iris n'insista pas. Elle tira les volets, posa un baiser sur le front de son père et regagna la boutique pour fermer et donner un coup de balai. Le soleil déclinant jetait une lumière orange par la vitrine. Les flacons, les bocaux étaient écarlates. Les rayonnages paraissaient en feu. Iris fut prise de l'envie d'aller voir l'océan. Elle sortit dans la rue et se laissa attirer, happer par la proximité de la mer. Le port résonnait de voix, de bruits. Les bateaux de pêche rentraient, les marins s'apostrophaient, riaient aux éclats ou vociféraient. Un bâtiment de la Marine nationale était amarré au grand quai. C'était rare. Généralement, les navires militaires faisaient des escales à Vannes, en eaux plus profondes.

Elle emprunta un escalier de pierre qui donnait sur la petite plage de galets. Elle s'assit sur un rocher et laissa flotter son regard sur l'horizon en souriant, grisée, mais également tourmentée par l'étrange visite de cette femme luxueusement vêtue au parfum si insolite. Qui était-elle ?

Elle avait fait allusion à un lourd passé, à des secrets de famille. Surtout, elle avait mentionné un signe ; était-ce la marque qu'elle portait à l'intérieur du bras, vers son aisselle ? Une petite cicatrice qu'elle avait toujours connue, comme un tatouage discret, deux traits parallèles reliés entre eux par une barre transversale. A peine visible si elle ne levait pas complètement le bras, elle était due à une maladresse du médecin au cours de sa venue au monde, lui avait expliqué son père, l'empreinte d'une pince. Iris n'avait pas été convaincue, mais elle avait évité de le mettre dans l'embarras par des questions, car elle pressentait qu'il lui mentait pour la protéger. Hippolyte lui cachait toute une partie de sa vie. Elle ne savait rien des trente années qu'il avait vécues avant sa naissance. Rien, hormis des récits de voyages, des descriptions de pays lointains, d'odeurs, de coutumes, de plantes exotiques. Mais de lui-même, de son passé, de ses amours ou de ses aversions, elle ignorait tout. La femme avait parlé d'un don, d'une famille, de carnets. De quoi pouvait-il s'agir ? Iris devait obtenir une confession de son père. Elle devait insister, le pousser dans ses retranchements, l'obliger à se confier, découvrir ce qu'il taisait.

— Iris, ohé ! Iris !

C'était Hortense sur le quai, une main tendue vers elle pour la saluer, avec son grand et éternel sourire. Elle pressa l'allure et vint s'asseoir près d'Iris en disant :

— Je suis passée à la pharmacie. Comme c'était fermé et que personne ne répondait, je me suis dit que tu serais là. Je ne me suis pas trompée.

Elle serra brièvement son amie dans ses bras et elles restèrent à contempler les flots en silence. Leur amitié se passait souvent de mots.

— Il y a un bal dans trois jours, sur la place publique, pour le 14 Juillet. On y va ensemble ? demanda Hortense.

— Pourquoi pas, si Hippolyte est d'accord.

Hortense rit doucement en balançant la tête.

— Je ne me ferai jamais au fait que tu appelles ton père Hippolyte. Je trouve que cela lui ôte le côté… autoritaire du paternel.

— Pourtant, c'est bien lui qui commande, je t'assure. D'ailleurs, j'espère qu'il voudra bien, pour le bal.

— Tu as vingt-trois ans, non ? Et puis je ne vois pas ton père te refuser le bal. Il a trop d'affection et de considération pour toi. Vous ressemblez à un couple, à une paire d'amis, à des associés. L'un se repose sur l'autre en toute confiance. C'est beau. J'ai toujours admiré votre relation.

Elle laissa sa tête se poser sur l'épaule de son amie et elles échangèrent un sourire complice.

— Comment marche ton commerce ? demanda Iris.

— Je suis ravie. Ma mère est trop dans mes pattes à mon goût, mais ça devrait changer… Il me faut un mari !

Et elle gloussa. Depuis l'enfance, Hortense rêvait du prince charmant. Elle était exaltée, romantique, abreuvée de lectures sentimentales.

— C'est pour trouver un bon ami, le bal ? questionna Iris sur un ton ironique.

— Pourquoi pas ? Je ne vais pas rester vieille fille comme mes deux tantes ! Quelle horreur ! Pour avoir comme elles de la barbe ?

Son rire fusa le long de la petite plage, suivi par celui d'Iris. Les deux amies firent quelques pas sur les galets. Iris raconta la visite que l'étrange femme parfumée avait faite à son père.

— Je l'ai vue, cette dame ! s'exclama aussitôt Hortense. Elle est passée au magasin, elle cherchait un chapeau cloche. Elle est très distinguée et très riche, elle ne lésine pas à la dépense.

— Tu n'as rien remarqué de particulier ?

— Son parfum, bien sûr. Envoûtant. J'aimerais avoir le même ! Les gars tomberaient à mes pieds. Elle a dit qu'elle était de passage, venant de Grasse où elle avait son affaire. Bien entendu, dans la parfumerie ! Ma mère l'a reconnue. C'est la grande patronne des parfums Dorian : Marie-Claire Dorian. Ma mère a déjà lu des articles sur elle dans la presse.

Iris s'immobilisa et contempla le vaste océan, comme pour y trouver une réponse.

— J'ai aussi rencontré un jeune homme… poursuivit Hortense en cherchant ses mots. Un homme charmant.

Une lueur dansait dans ses yeux.

— Charmant ? demanda Iris, un sourire au coin des lèvres. Tiens donc, qui est-ce ?

— Je ne plaisante pas. Il est grand, large d'épaules, possède une démarche de prince, un visage fin et carré, des yeux, comment te dire… des yeux comme ça !

Elle désigna l'océan du menton. Iris pouffa : l'enthousiasme d'Hortense frôlait le ridicule.

— Je rêve d'une danse avec lui au bal du 14 Juillet. Il sera là, il me l'a dit. Je l'ai rencontré en sortant de chez ton père. C'est l'officier commandant le bâtiment de la Marine nationale qui fait escale ici pour trois jours. Il vient de Toulon. Je dois me faire éblouissante.

— Tu es belle, Hortense. Telle que tu es. Ne change rien ! déclara Iris avec sincérité.

Elle connaissait la nature excessive de son amie. Elle la savait fragile, pouvant s'enflammer et aussi vite se briser. D'un coup. Elle était trop entière, trop passionnée.

Le soleil avait disparu derrière l'horizon, seule subsistait une ligne encore claire. Quelques nuages jaunes et roses survolaient le décor, comme des bouts de coton oubliés dans le ciel.

— Je dois rentrer, dit Iris en faisant demi-tour. Mon père ne va pas bien. Il a la migraine.

— Hippolyte ? Pas bien ? Cela ne lui arrive jamais, si ?

— Jamais… Je retourne à son chevet. A bientôt, Hortense.

— Je viendrai te chercher pour le bal vers sept heures, d'accord ? J'ai prévenu Marie.

— Je t'attendrai.

Les deux amies s'embrassèrent et se détachèrent l'une de l'autre à regret.

— Méfie-toi des élans de ton cœur, Hortense, lui glissa Iris avant de s'éloigner.

3

Quand Iris poussa la porte de la boutique, quelques minutes plus tard, une odeur âcre de fumée la saisit à la gorge. Hippolyte s'agitait devant le poêle. Elle le vit qui y jetait un vieux carnet, des papiers qu'elle n'avait jamais vus. Elle se précipita vers lui et lui arracha des mains les liasses qu'il s'apprêtait à enfourner.

— Je dois brûler ce qu'il reste de moi ! s'écria-t-il, le regard fou.

Il bredouilla quelques phrases incohérentes. Iris le poussa fermement vers le fauteuil d'osier, ferma la grille du fourneau et déposa les carnets intacts sur le bureau. Il y en avait une dizaine. Ils étaient recouverts par du papier marron usé et portaient l'inscription « Formules » suivie de leur année de rédaction, allant de 1934 à 1944. Hippolyte respirait vite et mal. Des gouttes de sueur perlaient sur son front. Iris les épongea avec son mouchoir d'un geste doux.

— Que se passe-t-il, papa ?

Hippolyte sembla revenir à la réalité. Il se passa la main dans les cheveux, se leva, fit quelques pas. La lucidité réapparut dans son regard.

— J'ai eu une autre vie, ma fille, lâcha-t-il comme pour un aveu. Une vie avant toi, avant ce port tranquille, avant ce commerce d'apothicaire-pharmacien.

Hippolyte reprit place dans le fauteuil et hésita longuement en considérant Iris avec tendresse et anxiété.

— J'appartiens à une famille dévorée d'ambition, mais, surtout, j'ai voulu t'arracher à leur emprise, à leur folie !

— Je ne comprends rien, papa !

Il était rare qu'elle l'appelle papa, ce qui parut le toucher, le pousser à aller plus loin dans sa confession, mais il se retenait, c'était visible. Iris comprit qu'elle n'obtiendrait que des fragments de vérité, que la réticence de son père reflétait son désir de la protéger. Il poussa un long soupir et poursuivit d'une voix lasse :

— J'aime les fleurs. C'est ma passion, une passion dont j'ai réussi à me sevrer. J'étais créateur de parfums, un nez de renom dont on louait le talent. C'était en tout cas ce que pensait ma famille. J'ai donné naissance à des parfums encore commercialisés aujourd'hui. J'ai fait la gloire des miens, mais aussi leur malheur. Je me suis enfui ici pour tout recommencer de zéro, me faire oublier. Je croyais y être parvenu. Ce n'est pas le cas.

— Tout à l'heure, j'ai vu une femme dans l'atelier avec toi, glissa Iris.

Hippolyte soupira à nouveau, puis il haussa les épaules.

— Elle a tout gâché en me retrouvant. Elle a fait remonter en moi des souvenirs qui me détruisent, qui me martyrisent. Et elle nous a mis en danger tous les deux.

L'égarement était réapparu dans le regard qu'il posa sur sa fille. Il tourna dans le laboratoire comme une bête en cage, puis il s'immobilisa, parut réfléchir et dit posément :

— S'il m'arrivait quoi que ce soit, Iris...

— Tais-toi ! Tu me fais peur !

— Ecoute-moi bien. J'ai passé ma vie à fuir. Je suis las. S'il m'arrive malheur, va à la banque de Belleville. Il y a une fortune à ton nom. Et une nouvelle carte d'identité. Elle est fausse, bien entendu. Mais j'ai toujours veillé à ce que tu aies cette solution de repli. Si je meurs, quitte immédiatement cette ville. Pars très loin, et n'approche jamais la famille Dorian. Jamais ! Souviens-toi de ce nom. Dorian.

— Pourquoi ? articula faiblement la jeune femme. Pourquoi ?

— Promets-le !

— Non ! Je suis Iris Elzeon et je vis avec mon père.

Il la dévisagea sans rien dire, à la fois vaincu et terrorisé. Iris lui prépara une tisane de romarin et de valériane pour lui calmer les nerfs. Ils montèrent dans leurs chambres. Hippolyte était fébrile, il tressaillait au moindre bruit. Il finit par s'endormir, mais cria deux fois dans son sommeil.

Iris redescendit dans le laboratoire, alluma et chercha les carnets qu'elle avait pu sauver de l'autodafé, puis s'installa pour en prendre connaissance. Elle ouvrit le premier, le parcourut, reconnaissant l'écriture d'Hippolyte au fil des pages. Il s'agissait de formules complexes de parfums dont Iris comprenait mal les descriptions, les essences, les substances. L'une d'elles attira son attention. C'était une série d'ingrédients, pour l'essentiel des composants synthétiques, à mélanger à une température et selon un ordre précis. La composition finale avait pour nom ménoxiline et une tête de mort était dessinée à l'angle de la page. C'était ce produit qu'avait mentionné Hippolyte en discutant avec la femme alors qu'il évoquait le sort d'une certaine Julia Herd.

Jamais Iris n'avait eu connaissance de ces carnets. Hippolyte devait les tenir bien au fond de sa cachette. Tout à coup, elle avait l'impression de ne rien connaître de son père, cet homme qui avait toujours partagé sa vie et dont elle découvrait à présent des zones d'ombre qu'elle n'aurait jamais soupçonnées. Elle était stupéfaite, intriguée, effrayée aussi par ces révélations inattendues et la panique qu'elle devinait en lui. Et elle était perdue : quelle était la nature du danger qui les menaçait ? Qui étaient les Dorian et quels rapports entretenaient-ils avec Hippolyte ? Et qui était Julia Herd ? Pourquoi brûler ces carnets de formules à la signification mystérieuse ? Les questions se bousculaient sous son crâne sans qu'aucune réponse lui apparaisse.

4

La chaleur estivale s'était installée sur le port, sans un souffle de vent. L'océan ressemblait à un immense lac, immobile et plat. Les terrasses des cafés s'étalaient sur les places, on dînait dehors. Les touristes, attendant leurs bateaux, flânaient dans les rues. Hippolyte avait repris son comportement habituel, même si Iris le surprenait qui jetait par moments des regards inquiets par la devanture. Il avait rangé ses carnets, sans doute dans la cachette de sa chambre.

— Je me suis affolé pour rien, avoua-t-il à sa fille le matin du troisième jour alors qu'elle lavait des bocaux dans l'évier du labo. Je ne sais pas ce qui m'a pris. Ici, nous ne risquons rien.

Iris leva les yeux sur son père.

— Il faudra te résoudre à m'expliquer, papa, vraiment.

— Il y a trop à dire et je veux te laisser en dehors de tout ça.

Il était sincère. Qu'avait-il à se reprocher ? Pourquoi ce refus de se confier ?

Etrangement, elle avait peur d'entendre des révélations susceptibles de bousculer l'ordre des choses. Malgré la curiosité et l'inquiétude qui la taraudaient, rester dans l'ignorance lui donnait l'illusion que leur existence pouvait reprendre son cours normal.

Il fallait cependant qu'elle sache : qui était Julia Herd ? Que voulait cette madame Dorian venue de si loin dans ce coin reculé de Bretagne ? Et, par-dessus tout, elle espérait découvrir qui était vraiment son père.

— Tu es prête pour le bal, ce soir ? demanda Hippolyte afin de changer de sujet.

— J'ai acheté une tenue chez Hortense. Je te la montrerai.

— Ne rentre pas tard.

— Promis.

— Tu prendras le car tout à l'heure pour livrer leur commande aux bonnes sœurs de Belleville.

— Je suis déjà allée à Belleville hier et avant-hier ! se plaignit Iris. A chaque fois, ça me prend la journée !

— Je n'y peux rien, rétorqua-t-il sèchement. Tu t'amuseras ce soir.

La perspective des festivités du 14 Juillet n'enchantait pas Iris outre mesure. Elle serait heureuse de passer la soirée avec ses deux amies et de danser, mais, n'ayant guère d'attirance pour quiconque parmi les jeunes gens de la petite ville, elle ne voulait pas subir leur insistance parfois lourde quand l'alcool se mettait de la partie. Elle savait qu'elle plaisait aux garçons. Plus d'un le lui avait fait comprendre par un regard, un sifflement, une poignée de main appuyée. Mais aucun n'avait suscité le moindre émoi en elle. Hippolyte lui répétait qu'elle était belle, qu'elle avait le charme de celles qui ne prêtent guère attention à leur apparence.

En effet, elle était apprêtée et soignée, sans chercher l'élégance ou la provocation. Ses cheveux longs et bouclés étaient d'un châtain clair qui s'harmonisait avec les reflets verts de ses yeux. Son nez était droit, fin, légèrement retroussé, ce qui lui donnait une expression d'intelligence et d'espièglerie. Sa bouche aux lèvres minces était bien dessinée. Ses traits ne frappaient pas d'emblée, mais ils appelaient rapidement le regard, et le charme opérait. Elle était grande, bien faite, possédait des formes affirmées qui l'avaient encombrée durant l'adolescence. Elle avait une démarche souple de danseuse qui ajoutait à sa grâce.

Pour le bal, Iris avait choisi une robe bleu ciel ornée de broderies sur le décolleté et des petits escarpins plats. Ses cheveux étaient noués en un chignon bas. Elle dépassait en taille Hortense et Marie qui l'accompagnaient, lesquelles portaient des robes trapèze au-dessus du genou. Marie avait une coupe courte, au carré, nouvelle vague, et Hortense laissait sa longue chevelure flotter dans son dos.

La place était pavoisée aux couleurs de la République. Sur une estrade, un orchestre jouait des valses et des couples nombreux virevoltaient déjà sur l'esplanade en terre. Des tables recouvertes de nappes blanches étaient dressées sur les pourtours. L'alcool coulait à flots. Il y avait de la joie, des sourires, des exclamations, des cris. On s'invectivait, on plaisantait. Les trois amies s'installèrent et contemplèrent les danseurs tournoyant sur la piste. Soudain, Hortense murmura à Iris :

— Il est là ! Regarde ! L'officier de marine ! Je l'ai de nouveau croisé à la boutique d'Hippolyte ce matin. Il m'a promis une danse !

Effectivement, plusieurs marins reconnaissables à leur pompon rouge arrivaient au bal.

— Il repart à Vannes ce soir, confia Hortense avec dépit. J'aurais aimé le connaître davantage, ce beau gars. Mais les ordres sont les ordres. Il m'a donné rendez-vous après le bal, sur le port.

L'officier s'approcha d'Hortense pour lui proposer une valse. Iris, aussitôt, ressentit comme une appréhension dont elle ne s'expliquait pas la nature. Elle tenta vainement de réprimer son malaise. L'homme avait belle allure dans son uniforme, un maintien aristocratique, une silhouette élancée, un air digne, mais d'une dignité travaillée et peu naturelle. Une espèce de morgue et de raideur militaire ressortait de toute son attitude. Il attrapa Hortense par la taille et l'entraîna sur la piste. Troublée par sa propre réaction, Iris l'observa. Il paraissait scruter la foule, notamment les jeunes femmes. Après Hortense, il dansa sans discontinuer et, à plusieurs reprises, Iris le vit qui humait le cou de ses partenaires, comme s'il y cherchait une odeur. Quelque chose l'intriguait dans son comportement, quelque chose dont son instinct lui commandait de se méfier. Il revenait près de ses camarades après chaque danse comme s'il leur faisait son rapport.

Iris accepta les invitations des gars du port, avec lesquels elle s'amusa. Elle entraîna même Hortense sur la piste pour une danse féminine. Les garçons sifflèrent. Marie rejoignit ses amies et elles improvisèrent une ronde en riant aux éclats, s'attirant quelques regards réprobateurs qu'elles ignorèrent. Elles appartenaient à cette génération d'après-guerre désireuse de s'affranchir du poids des traditions, de la famille, de convenances désuètes qui avaient aigri bien des femmes d'époques antérieures, enfermées dans leur vie par leur mari, leurs enfants, leur quotidien.

Comblées, les trois demoiselles quittèrent le bal ensemble, vers vingt-deux heures. Iris raccompagna ses deux amies et se présenta seule devant chez elle. Elle remarqua aussitôt que la porte d'entrée de la boutique était entrouverte. Elle fronça les sourcils et frissonna. Elle fut assaillie par un mauvais pressentiment et une peur diffuse s'immisça en elle. Elle pénétra dans le magasin. Le parfum de madame Dorian lui coupa le souffle. Il flottait dans l'espace. Le désordre qui régnait était total :

tous les récipients, tous les flacons, tous les bocaux gisaient au sol, en mille morceaux. Il ne restait plus une étagère intacte. Tout avait été fouillé, bousculé, renversé. Effarée, Iris s'avança au milieu du désastre et s'immobilisa, prise de panique. Et si les malfaiteurs étaient encore là ? Elle jeta un coup d'œil vers l'atelier et vit de la lumière. Elle appela :

— Papa ? Papa ?

Pas de réponse. Elle se précipita, grimpa les marches quatre à quatre, la bouche ouverte dans une supplication muette, le cœur battant à se rompre. Elle poussa un cri d'effroi : son père était allongé au milieu d'une pagaille sans nom de flacons, de seaux et de bassines éparpillés dans toute la pièce, un affreux rictus de douleur sur les lèvres. Tous les placards, tous les tiroirs avaient été vidés et renversés. Le lourd parfum Dorian n'avait pas disparu et dominait les odeurs des produits répandus à terre. Iris s'agenouilla près d'Hippolyte, secoua désespérément son bras en répétant :

— Papa, papa, qui t'a fait ça, papa ?

Ses larmes coulaient sur le visage livide d'Hippolyte, qui ouvrit à demi les yeux. Il poussa un soupir. Iris se pencha vers lui.

— Change de nom et quitte le port, tout de suite, lui murmura-t-il à l'oreille.

— Pourquoi ? Pourquoi ? demanda Iris en serrant le bras de son père.

— Bauer ! Bauer m'a retrouvé !

Il secouait faiblement la tête de droite à gauche, la terreur dans les yeux. Il ajouta avec effort :

— Hortense ! Elle est en danger… Les hommes de Bauer l'ont vue ici, avec moi ! Ils l'ont prise pour ma fille, pour toi ! Je n'ai pas eu le courage de démentir… Je ne veux pas qu'ils te tuent… Tu dois vivre, Iris. Tu dois vivre !

Il se tut, ferma les yeux et poussa son dernier soupir dans les bras de sa fille. Iris émit une plainte de bête blessée. Elle se leva, enjamba le corps et sortit en hurlant à l'aide. Une voisine accourut, qui alla chercher le docteur Duras tandis que son mari entrait à l'intérieur avec Iris. Il l'aida à porter le corps d'Hippolyte jusqu'à son lit. Peu après, le médecin pénétra dans la chambre avec une mine catastrophée.

— Que s'est-il passé ici ? demanda-t-il à Iris, qui haussa les épaules et fondit en larmes pour toute réponse.

Le docteur Duras s'assit près du cadavre d'Hippolyte et l'examina longuement. Il pria Iris de quitter la pièce. Elle redescendit dans l'atelier, se laissa tomber sur le fauteuil et contempla avec ahurissement le chaos autour d'elle. On avait fouillé ici avec violence, avec rage. On avait cherché frénétiquement quelque chose, un produit, une recette, de l'argent peut-être… Elle était persuadée que le retour de madame Dorian n'était pas étranger au drame.

Elle prenait peu à peu conscience de la disparition de son père, que son absence allait désormais être permanente, et le chagrin écrasait à présent le choc de sa découverte macabre. Le spectacle de ce laboratoire où elle avait passé des heures à l'observer lui devenait insupportable. Elle posa la tête sur ses bras repliés et laissa les larmes s'écouler sans chercher à les retenir. Le médecin la tira de cet état de désespoir en lui posant la main sur l'épaule. Tout son visage exprimait la compassion et la douleur partagée.

— Hippolyte a été empoisonné, lâcha-t-il. Par injection. L'autopsie nous en dira plus sur la nature du poison.

— Mon Dieu ! souffla Iris.

— La voisine a vu entrer trois hommes, vers dix-neuf heures, ajouta Duras. Ils portaient l'uniforme de la Marine. Elle a cru que c'étaient des clients, elle est retournée à ses activités.

— Trois hommes ! C'est une histoire folle ! s'écria Iris en se dressant. Et c'est tout ce qu'a rapporté la voisine ?

— Oui… Enfin, juste avant les trois hommes, une grande dame est passée à la boutique, très élégante, dans une robe Chanel, avec un chapeau cloche.

Iris eut confirmation de l'intrusion de madame Dorian, que son parfum avait trahie. Sa douleur fit place à une haine fulgurante.

— Votre père était-il inquiet, ces derniers temps ? demanda doucement le docteur.

Iris réfléchit. Bien sûr qu'Hippolyte était inquiet et qu'il n'était plus lui-même depuis la visite de madame Dorian. Elle hésita à raconter tout cela au médecin. Que pouvait-elle lui dire ? Elle avait cependant l'intuition, la certitude même qu'elle devait garder pour elle les questions qu'elle se posait. Avant de mourir, Hippolyte l'avait mise en garde, et l'avertissement était suffisamment alarmant pour qu'elle se montre circonspecte. Elle secoua la tête sans répondre.

— Je vais vous laisser seule, dit le docteur Duras. Les gendarmes ne vont pas tarder.

— Oui. Je veux rester seule.

— Ne touchez à rien, surtout.

Elle demeura un long moment assise dans le fauteuil de son père à réfléchir et à ressasser des pensées qui ne la menaient nulle part. Elle ne parvenait pas à imaginer la moindre explication plausible. De guerre lasse, elle se leva et déambula dans la pièce saccagée. Chaque étagère, chaque placard avait été vidé, les armoires étaient renversées, les débris de verre jonchaient le sol. Même les lattes du plancher avaient été soulevées pour vérifier qu'il n'y avait rien dessous. Soudain, Iris se figea et une vague de dégoût la submergea. Derrière une table, son journal intime gisait parmi les décombres. Iris s'en empara. Il avait été lu et dépecé, certaines pages avaient été arrachées et jetées sur le tapis. Iris eut un haut-le-cœur. Elle se sentait souillée, violée. On avait cherché dans ces anodines réflexions intimes quelque révélation qui n'y figurait pas et, de rage, on avait piétiné le cahier inutile ; Iris avait l'impression abjecte que c'étaient ses souvenirs, sa vie qui avaient été foulés aux pieds.

Ce fut alors qu'elle pensa à la cachette sous la cheminée. Elle se rua dans l'escalier et entra dans la chambre de son père. La vision d'Hippolyte sur le lit la pétrifia et le désespoir l'envahit à nouveau. Elle suffoqua, tomba à genoux et s'abandonna de longues minutes à sa peine ; les larmes lui firent du bien et elle fut capable d'une pensée cohérente.

Devant la cheminée, elle ferma les yeux pour se souvenir des gestes qu'elle avait vu faire à son père. Elle retrouva la dalle et la poussa sur la droite. Iris reconnut le bruit caractéristique du mécanisme qui se déclenchait, révélant la cachette. Elle fourra sa main dans la niche mise au jour.

Elle en sortit d'abord un flacon bleu. Il était hermétiquement clos par un bouchon en liège. Iris l'ouvrit avec mille précautions et le huma. Elle manqua de le lâcher sous l'effet de la surprise : c'était le parfum que portait madame Dorian, sans aucun doute. Puis elle extirpa une minuscule pipette portant une étiquette délavée sur laquelle était inscrit le mot « Ménoxiline », qu'accompagnait le dessin d'une tête de mort. Le liquide, transparent, était inodore. Elle reposa les flacons et poursuivit sa fouille. Elle trouva trois épaisses liasses de papiers, manifestement des compositions de parfums. Certains documents parmi les plus anciens, jaunis par le temps, étaient signés Médare Dorian, d'autres Nathanaël Dorian. Ils étaient rédigés en allemand. Elle dénicha également un manuel de parfumeur datant du XVIIIe siècle et, bien enfoncés sous le dallage, les carnets d'Hippolyte, ceux qu'il avait cherché à brûler. Iris alla les dissimuler dans sa chambre sous son matelas et revint fermer la cachette en entendant la voiture de la gendarmerie s'arrêter devant la boutique. Elle passa le reste de la nuit à donner sa version des faits aux enquêteurs et à leur dire ce qu'elle savait, c'est-à-dire à peu près rien. Et ce rien la détruisait, l'anéantissait. La douleur était encore trop envahissante pour qu'elle sente poindre au fond d'elle la volonté de faire la lumière sur l'assassinat de son père.

5

Iris dormait ; elle était assise dans le fauteuil avec le buste sur le lit où reposait la dépouille de son père, le visage entre ses bras. Son sommeil était lourd et sans mauvais rêve. Les cris de Marie la réveillèrent brutalement. Elle mit un moment à revenir à la réalité en entendant appeler son prénom depuis la boutique au rez-de-chaussée.

— Viens vite ! Viens vite ! lui criait Marie du pas de la porte.

— Qu'y a-t-il ? demanda Iris d'une voix faible en descendant les marches.

— Hortense est morte ! Elle a été étranglée ! On l'a retrouvée sur le port, à l'aube, qui gisait dans une barque !

Iris resta un instant sans voix, le temps que l'affreuse nouvelle fasse son chemin en elle.

— Ce n'est pas possible ! lâcha-t-elle enfin. Ce n'est pas vrai !

Marie lui saisit la main et l'entraîna dans la rue. Elles parcoururent la distance qui les séparait du port dans une sorte de brume humide, sous un ciel bas et gris qui ajoutait sa touche sinistre à l'atmosphère déjà oppressante. Comme anesthésiée, Iris ne savait pas si elle vivait un cauchemar ou la vie réelle, espérait qu'elle allait se réveiller ; l'attroupement près d'une barque rouge de pêcheur acheva de lui dessiller les yeux. Deux gendarmes montaient la garde devant le corps sans vie d'Hortense. Iris se fraya un chemin parmi la petite foule silencieuse. La vision de sa meilleure amie, livide, une marque écarlate autour du cou, lui arracha un cri d'horreur.

La tête lui tournait. Elle perdait pied. Elle sentit ses jambes qui cédaient, fit le geste de se retenir au plat-bord de la barque et se laissa glisser dans une inconscience bienfaisante. Quand elle reprit connaissance, les gendarmes avaient emporté le cadavre d'Hortense et Marie lui tenait la main ; elles étaient seules à présent, assises à côté de la barque désormais vidée de son macabre contenu. Elles restèrent un long moment embrassées à laisser couler leurs larmes en silence.

— On ne la reverra jamais, tu te rends compte ? dit Iris entre deux hoquets.

— Calme-toi…

— Impossible ! Tous ceux que j'aimais ont été tués !

— Je suis là, Iris, répondit Marie d'une voix douce.

— Qui a pu faire ça ? Pourquoi ?

— Les gendarmes m'ont interrogée, ainsi que les parents d'Hortense. On n'a rien de bien précis. Hier, Hortense a mené son train-train habituel.

Dans son magasin, sur le port. L'après-midi, elle est restée de longues heures dans le labo de ton père. Avant-hier aussi.

— Pourquoi ?

— Elle avait un costume à teindre. Il lui avait trouvé les colorants et il lui a proposé d'utiliser le bac du labo. Ce n'est pas la première fois qu'elle faisait ça.

Iris tressaillit. En un éclair lui revinrent les mots d'Hippolyte disant qu'Hortense était en danger, ajoutant un « Ils l'ont prise pour ma fille, pour toi ! » très étrange.

— Les gendarmes ont des pistes ? demanda-t-elle.

— Aucune. On pense à un client de passage, peut-être à un fou. Hortense avait un rendez-vous avec l'officier de marine avec lequel elle a dansé. Mais le bâtiment a quitté le port, des témoins l'ont vu à bord à l'heure du crime, a priori.

Iris hocha la tête sans répondre. Elle songeait à madame Dorian. Depuis qu'elle avait surpris la femme avec Hippolyte, son existence était bouleversée de fond en comble. Elle devait partir au plus vite, changer de nom, comme Hippolyte le lui avait ordonné.

Hortense était morte à sa place.

6

A la banque de Belleville où Hippolyte possédait un compte et un coffre, Iris fut reçue avec beaucoup d'égards. Elle agissait dans une sorte d'état second qui lui faisait voir et sentir les êtres et les choses de loin, dans un épais brouillard. Elle était montée dans le car comme un automate. Elle reprit pied dans la réalité quand l'employée de la banque la conduisit dans la salle des coffres. A sa grande surprise, elle apprit qu'elle était titulaire du compte et du coffre au même titre qu'Hippolyte, qui, prévoyant, avait préparé sa suite sans en toucher mot à sa fille.

L'employée déposa sur la table un lourd tiroir oblong avant de s'éclipser et de laisser seule la jeune femme. Mains tremblantes, Iris ouvrit le couvercle et contempla le contenu, effarée. Il y avait là une fortune en louis d'or et une enveloppe. A l'intérieur, elle trouva des papiers d'identité. Elle s'appelait désormais Louise Leclerc. Elle était née à Paris. Elle était riche.

Et seule.

Les jours qui suivirent furent extrêmement pénibles. Elle dut remettre l'officine et le laboratoire en ordre, classer les affaires d'Hippolyte – elle ne pouvait s'empêcher de songer à son père en respirant ses vêtements, en caressant ses livres, des larmes dans les yeux. Marie la soutenait en l'aidant comme elle pouvait. Elle regrettait la décision d'Iris de quitter Nialvic au plus vite et de se débarrasser de la boutique, mais elle comprenait que son amie cherche à fuir un lieu où tout lui rappelait son père et Hortense.

Iris n'avait pas eu le courage d'annoncer à Marie qu'elles ne se reverraient jamais, qu'elle devenait une autre nommée Louise Leclerc et qu'elle allait couper les ponts avec ce passé qui pouvait mener les assassins sur sa trace. Quitter à jamais ce petit port où elle avait tant aimé la mer, les gens, sa vie, était la blessure supplémentaire qui ajoutait encore à sa détresse. Pourtant elle s'acquitta de sa tâche avec courage, donnant au docteur Duras tout ce que les malfaiteurs n'avaient pas cassé, laissant les vêtements à une œuvre de charité. Elle ne remplit qu'une valise avec ses affaires indispensables et les carnets qu'Hippolyte avait tenté de brûler. Elle avait pris soin de les emmitoufler dans un tissu de soie.

Elle partait pour une nouvelle vie, sans savoir comment elle allait se reconstruire, mais rassurée par les biens que lui avait laissés Hippolyte. L'héritage était précieux en valeur, mais aussi en qualité. Elle devinait que les carnets et les documents qu'elle avait extraits du coffre constituaient une somme de savoirs unique dont elle était la seule dépositaire. Elle y vit un signe du destin, un destin que son père avait conçu pour elle à son insu. Elle voulait respecter cette volonté d'outre-tombe. Elle allait devenir parfumeuse. La connaissance des vertus des plantes que lui avait inculquée Hippolyte n'avait eu d'autre but que la préparer à cette activité, elle en prenait conscience tout à coup.

Quand elle quitta le port, une semaine après la mort d'Hippolyte, elle ne se retourna pas par peur de sombrer. Il fallait qu'elle s'endurcisse si elle voulait recommencer sa vie. Elle arriva à la gare de Rennes dans un petit matin gris. Sur le quai, elle réduisit en miettes sa vraie carte d'identité et la jeta dans une poubelle. Elle était Louise Leclerc. Elle avait vingt-trois ans et une carrière devant elle.

Mais elle allait désobéir à son père : elle irait à Grasse. Louise Leclerc entrerait dans le cercle de la famille Dorian. Après tout, on ne l'avait pas vue et personne ne pourrait la reconnaître.

Deuxième partie

LOUISE, LES FLEURS ET LES ODEURS

1

Cela faisait deux ans que Louise Leclerc s'était installée à Aix-en-Provence. La vie de la jeune femme avait retrouvé un sens, même si les assassinats d'Hippolyte et d'Hortense continuaient de la hanter. Sous le masque de l'innocente Louise, Iris veillait et attendait patiemment le moment opportun de lancer des recherches. Avec l'argent que lui avait laissé son père, elle avait acquis un appartement cours Mirabeau, non loin de l'Institut des parfumeurs, dont elle suivait l'enseignement. Cette école, créée en 1946, venait d'être transférée de Grasse à Aix. Elle était une émanation de la maison Givaldie, dont le fondateur avait été un des plus grands parfumeurs du début du XXe siècle. Basée en Suisse, l'entreprise avait son siège français à Aix. Le nom de Givaldie était célèbre dans le monde entier.

L'établissement était installé dans des locaux flambant neufs qui occupaient une large esplanade plantée de pelouses et de fleurs. De forme cubique, mêlant le verre et l'acier, il était situé près d'un parc floral, presque en pleine garrigue, en retrait de la foule et de la circulation, tel un petit havre de paix.

Iris n'avait pas choisi cette école par hasard. La méthode de formation des nez n'avait pas changé à l'institut Givaldie depuis sa création après-guerre. Elle était une référence dans l'apprentissage du métier de parfumeur depuis vingt ans qu'elle existait, et les plus grandes marques se disputaient les jeunes diplômés dès leur entrée sur le marché du travail.

Le recrutement était très sélectif. Iris avait presque été surprise d'être retenue. Monsieur Grandjean, le directeur, l'avait reçue en entretien et ils avaient eu une longue conversation sur les senteurs, les plantes, les fleurs. Il lui avoua plus tard qu'il avait été épaté par ses connaissances en chimie. Surtout, il avait perçu sa modernité et sa détermination. Iris avait donc intégré l'institut et monsieur Grandjean l'avait mise en garde : parfumeur était un métier difficile, où l'apprentissage était long et semé d'embûches. La persévérance était la première qualité de l'apprenti nez ; la créativité était la seconde. Il fallait une grande capacité d'écoute et de sensibilité pour percevoir les attentes et les aspirations de l'époque, pour correspondre à son temps.

Grandjean avait eu l'intuition qu'Iris incarnait une nouvelle génération, celle de l'après-guerre, plus libérée, plus égalitaire, plus ouverte sur le monde. Il lui avait fait confiance presque immédiatement, appréciant sa simplicité, sa sincérité et sa soif d'apprendre.

L'héritage d'Hippolyte permettait à Iris de vivre confortablement et de se consacrer entièrement à ses études. Hippolyte lui avait inculqué l'amour et la science des plantes. Les fleurs lui procuraient le même plaisir, les mêmes sensations, et elle s'était rapidement habituée à leur contact. Elle aimait les palper, les froisser entre ses doigts, les goûter, les humer longuement, à s'en enivrer. Elle était douée. Elle apprenait vite. Son maître, Henri de Thines, l'encourageait à composer ses propres parfums.

Les débuts furent rudes : pas moins de cinq cents ingrédients de base à retenir, dont cent cinquante naturels et trois cent cinquante synthétiques, regroupés en cinq grandes familles. Au bout de six mois, elle fut malgré tout capable de les identifier, de les décrire et de donner leurs caractéristiques. Elle devait sans cesse s'accoutumer à de nouvelles senteurs, à de nouvelles molécules, sous le regard exigeant, mais bienveillant, de son formateur.

Après cet apprentissage, elle travailla sur les accords floraux et fruités, progressivement, des plus simples aux plus élaborés. Une dizaine de créations lui furent demandées en fin de première année. Elle fut reçue à la première place. Ce jour-là, le directeur Grandjean lui glissa à l'oreille qu'il ne s'était pas trompé sur ses capacités.

L'année suivante, elle travailla sur la classification des parfums finis, en fonction de leur famille.

Elle avait appris la structure d'un parfum, ce que son maître Henri appelait la pyramide olfactive : il y avait d'abord la note de tête, que l'on percevait en premier dans un parfum. Il s'agissait d'agrumes, de notes aromatiques, vertes, fraîches, comme l'angélique, l'amande, le lavandin, le poivre noir ou encore le myrte. Puis venait la note de cœur, qui se développait dans le temps et qui constituait l'odeur caractéristique du parfum, faite de fragrances fleuries, fruitées ou épicées. Enfin la note de fond s'évaporait lentement, elle devait fixer le parfum et le faire durer. Il s'agissait de fragrances boisées et suaves comme le cèdre, le ciste, le santal, le vétiver. La prédominance de la note de tête désignait un parfum frais et volatil, celle des notes de cœur ou de fond un parfum riche et persistant.

Les compositions devaient être longuement élaborées et testées. Elles résultaient d'un mélange d'huiles essentielles et de composants synthétiques obtenus en laboratoire. Les principaux étaient l'hédione, les isomères, les énantiomères, qui, pris seuls, ne dégageaient pas d'arômes agréables, mais qui, mêlés aux huiles essentielles, pouvaient faire merveille.

Henri de Thines avait dû faire preuve de patience, car Iris était curieuse, posait mille questions, exigeait le maximum de détails sur l'élaboration de ces produits chimiques. Ses conseils et les heures passées au côté de son élève avaient été payants. Iris progressait vite, très vite. Elle sut bientôt discerner les groupes fondamentaux. Trois familles étaient réalistes, les citrus, les florales et les boisées, et trois abstraites, car inventées par des parfumeurs, les chyprées, les fougères et les orientales.

Elle entra dans sa deuxième année de formation avec passion : elle devait apprendre à reconnaître au nez, sans l'aide de la chromatographie, les constituants et les proportions de parfums célèbres composés de quinze matières premières. Peu à peu, à force de travail et d'expérience, elle parvint à les identifier à l'odorat en laissant monter leurs fragrances jusqu'à sa mémoire, sous les yeux d'Henri, qui vérifiait ses connaissances.

Iris avait transformé une pièce de son appartement en laboratoire, équipé de pipettes, de flacons, de lotions, de bocaux de fleurs diverses, sèches ou fraîches, qu'elle achetait à Marseille chez un détaillant de la rue des Carmes, dans le IIe arrondissement. Elle passait des nuits entières à créer des compositions avec des huiles essentielles, des extraits naturels et des produits synthétiques qu'Henri lui permettait d'emporter. Une immense armoire à pharmacie était remplie de petits flacons classés par ordre alphabétique. Un pharmacien avec lequel elle avait sympathisé lui fournissait les ingrédients chimiques qu'Hippolyte avait mentionnés sur certains de ses carnets.

A l'institut, elle avait suivi des cours dispensés par le directeur lui-même sur l'apparition des synthèses au milieu du XIXe siècle et sur leur amélioration, sur leur diversification. La coumarine permettait d'ajouter des notes de fougère, l'héliotropine des notes ambrées, la vanilline des notes sucrées et chaudes, l'aldéhyde des notes d'aubépine, les quinoléines des notes de cuir et de fumée. Elle s'était familiarisée avec l'utilisation du rhodinol et elle était capable d'ajouter à ses compositions des concentrés d'alpha-ionone, à l'odeur fleurie boisée d'iris et de violette, ou de l'anthranilate imitant le jasmin. Il lui avait été difficile de se procurer les aldéhydes, car les quantités étaient restreintes et les produits hors de prix. Elle les avait achetées chez son pharmacien, qui les avait commandées à un laboratoire spécialisé d'Aubervilliers. De prime abord, leur odeur était écœurante, insoutenable. Il fallait les apprivoiser, les diluer dans des essences naturelles pour en exalter l'arôme, qui pouvait être exquis. Il en allait de même avec les muscs synthétiques, l'exaltone et l'exaltolide, ou la civettone, mise au point par le professeur Ružička, un grand chimiste des années 1920, dont Iris avait lu les ouvrages. Peu à peu, elle assimilait des connaissances, elle essayait, elle apprenait, nuit et jour. Elle passait des heures dans la garrigue à ramasser plantes et fleurs.

Elle testait ses compositions sur ses amies, trois jeunes femmes de son quartier qui travaillaient aux Galeries Lafayette. Elle sortait souvent avec elles le soir pour aller au cinéma ou au bal. Sarah lui rappelait Hortense, ce qui expliquait qu'elle s'était immédiatement attachée à elle. Sarah avait la même propension à tomber amoureuse, à rêver, à chercher l'élégance, la féminité. Elle était vendeuse au rayon parfumerie et elle était toujours tirée à quatre épingles. C'était la première à sentir les créations d'Iris, à porter ses parfums, et elle se sentait de ce fait impliquée dans les expériences de l'apprentie parfumeuse. Elle l'encourageait sans cesse, l'accompagnant dès qu'elle le pouvait acheter des fleurs sur les marchés. Iris avait fait sa connaissance à force de flâner dans le rayon parfumerie des Galeries Lafayette, et Sarah, qui suivait l'évolution des goûts des clientes, lui avait donné de précieux conseils. Les parfums de l'après-guerre, avec une touche florale dominante, n'étaient absolument plus en vogue. Les femmes des années 1960 cherchaient des fragrances délicates, plus complexes. Des parfums avec de la personnalité. Iris devait créer des parfums nouveaux, à la fois discrets et originaux, Sarah en était convaincue.

Janine, quant à elle, travaillait au rayon maquillage. Extrêmement gentille et douce, elle menait parallèlement des études à la faculté de droit. Méline, la troisième du petit groupe, partageait avec Sarah le goût de la mode et des tendances nouvelles. Elle travaillait au rayon vêtements en suivant une formation de comptable en cours du soir.

Grâce à elles, Iris progressait, mais elle n'avait pas encore suffisamment de connaissances et d'expérience pour mettre au point les formules d'Hippolyte. D'ailleurs, les quantités exactes n'étaient jamais indiquées sur les carnets. Elle ne voulait pas se précipiter. Elle ne faisait donc que des échantillons incomplets, et cependant prometteurs.

Elle possédait à présent un bagage suffisant pour comprendre que son père était un parfumeur de génie.

2

Armand Dorian se présenta dans le grand amphithéâtre de l'institut à dix heures, comme annoncé par le directeur la veille. Ce matin-là, tous les étudiants qui étaient en première ou en deuxième année de formation étaient au complet. Le corps enseignant avait insisté pour que les futurs nez assistent à sa conférence sur les Dorian. Iris avait mal dormi la nuit précédente. Elle était impatiente de connaître l'histoire de la famille d'Hippolyte – sa propre famille, au fond –, dont elle ne savait rien, sinon qu'il s'agissait des parfumeurs les plus prestigieux de leur temps.

Lorsque Dorian entra dans la grande salle, un silence se fit. Il en imposait.

— J'ai le plaisir et l'honneur d'accueillir Armand Dorian, annonça le directeur. Il a accepté de venir vous raconter l'épopée de la marque Dorian et l'histoire de sa famille qui a su, depuis des siècles, innover en s'adaptant à l'air du temps dans la création des parfums. L'histoire de la famille Dorian est comme l'histoire même du parfum. Je vous demanderai donc de prendre en notes les éléments historiques apportés par le récit de monsieur Dorian concernant l'évolution du parfum depuis l'Antiquité.

Iris n'écoutait plus. Armand Dorian la subjuguait. Sans doute avait-il son âge, mais il avait une élégance qui le vieillissait. Il était sur la scène de l'amphithéâtre, derrière le pupitre, mains dans les poches. Il avait les cheveux coiffés en arrière, d'un blond lumineux, et le bleu de ses yeux ressortait sur sa peau pâle. Il portait une veste à rabats noirs, et déjà son eau de toilette embaumait l'espace, aussi raffinée que lui. Il grimpa sur l'estrade, le brouhaha cessa et le silence se fit.

— Je suis très honoré d'être parmi vous aujourd'hui, dit-il d'une voix claire et assurée. Je remercie votre directeur, monsieur Grandjean, de son invitation. Il est à la tête d'une institution à la renommée justifiée dont notre profession a grand besoin pour perpétuer notre savoir-faire et pour que notre pays demeure la référence en matière de parfum.

Il discourait avec aisance et naturel, sans paraître hautain ni pédant. Il s'exprimait d'une voix posée, et son regard balayait le public comme s'il échangeait avec lui une conversation personnelle. Chacun dans l'assistance était pendu à ses lèvres. Jamais auparavant Iris n'avait rencontré un être doté d'un tel charisme, d'autant plus puissant qu'Armand Dorian ne semblait pas conscient de son magnétisme.

Sa voix chaude émouvait Iris. Elle avait l'impression de la connaître et de connaître Armand Dorian. Elle était troublée par son charme et en ressentait autant de plaisir que de frayeur. Si elle en croyait les révélations de son père, Armand Dorian était de son sang. Elle ne devait pas l'oublier.

Il se lança dans une présentation passionnée de son métier, qu'il comparait à un art, avec ses maîtres, ses chefs-d'œuvre. Il brossa rapidement une histoire du parfum, de l'Antiquité et du Moyen Age, quand il était lié aux pratiques religieuses, jusqu'à aujourd'hui et les grandes maisons de création ; il aborda les qualités nécessaires pour être nez : la curiosité, la ténacité, l'audace, la patience. Il insista sur l'importance de la personnalisation. Chaque fragrance devait être comme enfantée, accouchée.

Son exposé didactique achevé, il se tut, but un verre d'eau et sembla chercher ses mots ; il eut un sourire ambigu, les yeux dans le vague, comme s'il ordonnait ses souvenirs. On aurait entendu une mouche voler. Puis il commença :

— Toutes les familles connaissent des moments douloureux. Ce fut le cas pour la mienne. Aux origines, nos ancêtres vivaient en Orient. Ils portaient le nom d'Elzeon.

Iris sursauta. Elzeon. Son nom, celui de son père. Pourquoi Hippolyte avait-il fait le choix de l'ancien patronyme de la famille ?

— Les nombreuses formules d'encens ou de parfums qu'ils nous ont laissées, poursuivait Armand Dorian, transmises de génération en génération, utilisaient des fleurs du Moyen-Orient. Les Elzeon étaient juifs et vivaient sans doute en Palestine. Toutes les formules sont d'ailleurs consignées en hébreu. Par la suite, ils ont migré. Les recettes et les cahiers d'herboristerie datant des Xe et XIe siècles sont rédigés en cyrillique, ce qui nous permet de penser qu'au début du Moyen Age les Elzeon s'étaient installés dans l'Empire byzantin, en actuelle Bulgarie du Sud. Sans doute travaillaient-ils pour la cour d'Alexis Ier. Ils furent victimes de la violence des croisés en 1096, un seul en réchappa, du nom de Samuel. Il vivait à Constantinople au passage des troupes de Godefroy de Bouillon et fut protégé par la famille impériale. Il émigra, se réfugia en France, bien déterminé à poursuivre son activité de parfumeur ; après lui, on perd la trace des Elzeon jusqu'à la fin du XVIIe siècle. Mais on retrouva en 1667 un Césaire Elzeon, maître gantier-parfumeur, installé rue des Gravilliers, à Paris. Il avait pour apprentis son fils Jules et son neveu Hyacinthe. Son échoppe, le Parfum d'or, vendait surtout des gants parfumés, en vogue à l'époque. Césaire Elzeon a laissé un ouvrage qui a connu plusieurs éditions, *Le Parfumeur royal*. Destiné aux gens de métier, il est consacré aux gants de senteur, aux peaux d'éventail parfumées, à la manière de préparer les cuirs et de les colorer.

A l'époque, expliqua Armand Dorian, la ganterie était l'activité principale des parfumeurs et elle est à l'origine de la parfumerie moderne. Les maîtres gantiers-parfumeurs purgeaient la peau de toute mauvaise odeur : il fallait d'abord la fouler dans l'eau claire, la faire sécher une première fois, la tremper dans de l'eau de fleur d'oranger, de rose, d'angélique ou de mélilot, une papilionacée à fleurs odorantes. Ensuite, il fallait sécher le cuir en l'étirant. Les gants étaient taillés et cousus, puis colorés avec des pigments végétaux, minéraux ou animaux. En premier lieu, on utilisait les terres : ocre jaune ou rouge, terre de Vérone ou de Venise. Mais on employait aussi le talc calciné, la céruse, le noir de four ou de fumée, des graines, des gommes, de la cochenille. La palette des couleurs allait du noir au blanc en passant par le vert, le violet, des tons ambrés. Les gants teints étaient placés dans des caisses sur des lits de jonquilles, de jacinthes, de violettes, de roses, de brins de muguet que l'on renouvelait toutes les douze heures en prenant soin de pendre les gants à un fil pour qu'ils sèchent entre-temps. Ce traitement durait huit jours. Les gants à la frangipane, très prisés, portaient le nom de leur inventeur, un Italien : Frangipani. Ils étaient faits en peau de chevrotin, purgés puis chargés d'une composition particulière obtenue en broyant de l'ambre, du musc, de la civette. On y mêlait des terres colorantes de Sienne, des gommes, de l'eau de rose et de fleur d'oranger.

— Dans son ouvrage, mon ancêtre évoque des recettes de gants d'ambre, de gants aux fleurs de jasmin. On y trouve aussi des formules pour des poudres, des savons parfumés, des pommades, des eaux de senteur et des pastilles odorantes. L'entourage de Louis XIII en raffolait ! D'ailleurs, le neveu de Césaire, Hyacinthe Elzeon, était parfumeur à Versailles à la cour de Louis XIV. Il nous a légué des documents précieux qui sont aujourd'hui aux Archives de France. On y découvre des anecdotes croustillantes sur les mœurs de la noblesse à cette époque d'hygiène douteuse. Des odeurs fétides hantaient Paris et Versailles, sans exception. Ainsi, Hyacinthe fabriquait, entre autres, des « mouchoirs de Vénus ». C'étaient des petites pièces de toile imprégnées de blanc de céruse, de térébenthine, de citron, de clou de girofle. Tout ce qui pouvait masquer la puanteur des rues de la capitale et des couloirs du palais !

Un rire parcourut l'auditoire.

— Je vous assure, poursuivit Armand Dorian, les recettes des mouchoirs de Vénus sont tout à fait explicites. Les dames de la cour les plaçaient sous leur nez pour filtrer les odeurs fétides qui imprégnaient le palais et leurs appartements. De fait, à Versailles, le parfum était autant présent que les relents désagréables. Le corps, le linge, les vêtements, les accessoires, la nourriture, les boissons, tout était parfumé… Mais sentir bon ne signifiait pas pour autant être propre, se laver…

Nouveau rire dans l'assistance.

— A l'époque, être propre, cela signifiait se frotter la peau avec des savonnettes au citron ou à l'orange, s'asperger les mains et le visage de vinaigres parfumés ou d'eaux impériales. C'était aussi entretenir sa chevelure, sans la laver, avec des huiles et des pâtes au santal, à la rose, à la lavande ou au jasmin, la poudrer de rose commune ou musquée, de jonquille, de jacinthe, d'ambrette, de mousse de chêne. On dissimulait des sachets aromatiques dans les revers et les plis des vêtements, des pétales de rose dans les chapeaux, tous les accessoires, gants, éventails, perruques, étaient abondamment parfumés. Mon aïeul Hyacinthe fabriquait tous ces produits dans trois ateliers du faubourg Saint-Antoine et il avait encore le magasin de son oncle Césaire, rue des Gravilliers. C'est lui qui a compris le premier qu'il était nécessaire pour les Elzeon de posséder leurs propres ressources en fleurs, à Grasse. Cette ville dans laquelle s'approvisionnaient les maîtres gantiers et les parfumeurs depuis plus d'un siècle bénéficiait d'un microclimat très favorable. Hyacinthe y acheta un grand terrain qui est resté le fief de la famille et que nous occupons encore. Il fit aussi l'acquisition de plantations sur le littoral. Ses deux frères cadets prirent la direction des affaires de Grasse et plantèrent des hectares de mimosas, de muguet, de bergamote, de lavande, de cassiers, de violettes, de géraniums, d'iris, de narcisses, de jonquilles, de jacinthes, de genêts, de sauge sclarée, de tubéreuses et même de jasmins, dont la fleur à pétales délicats put s'acclimater à Grasse.

— Avant cela, personne n'avait réussi à produire de jasmins en France, intervint Grandjean.

— Les Elzeon acclimatèrent aussi les roses et les œillets qui contribuèrent à bâtir leur fortune. Car, sur leur plantation, ils construisirent une distillerie pour créer les huiles essentielles, les eaux de Cologne, les savonnettes, les pommades. Parallèlement, à Paris, les Elzeon fournissaient à la cour les produits de maquillage et de soins du visage. La famille avait deux ateliers sur les quais de Marne. Pour les extraits de fleurs, tout venait de Grasse, où étaient élaborées les poudres à perruques. Une vingtaine d'ouvriers travaillaient dans les ateliers parisiens, d'après un registre de 1725. A cette époque, on comptait une cinquantaine d'employés dans les plantations de Grasse et à la distillerie. Mais la famille allait encore diversifier ses activités en créant une fabrique d'eau de Cologne, non loin de Grasse, au tournant du XVIIIe siècle. On raffolait alors des fragrances fraîches et revigorantes. On connaît mal la formule d'origine inventée à Cologne par Paul Feminis, qui légua son affaire à Jean-Marie Farina. Mais l'Europe entière allait faire fête à ce nouveau genre de parfum. Les Elzeon fabriquèrent différentes essences, qui se vendirent surtout en Espagne et en Italie : Bouquet de printemps, Eau bleue, Eau divine, qui mêlaient la violette à la jonquille et au muguet distillés à petit feu dans l'esprit-de-vin et la quintessence d'orange. Tous les ingrédients provenaient des plantations de Grasse. Ce fut un triomphe et les parfumeries Elzeon connurent leur première heure de gloire. Cependant, l'entreprise faillit manquer le virage de la parfumerie moderne, apparue au milieu du XIXe siècle, qui faisait appel à la chimie.

— Ecoutez bien ! Vous avez là l'histoire même de l'évolution du parfum ! précisa le directeur Grandjean.

— Les Elzeon eurent d'abord du mal à comprendre que les fleurs ne seraient plus l'unique matière première et ils boudèrent les composants synthétiques. Fort heureusement, au début du XXe siècle, Médare Elzeon allait mesurer l'intérêt des nouvelles molécules qui élargissaient la palette du parfumeur et lui donnaient une plus grande liberté pour composer de nouvelles fragrances. Il suivit une formation de chimiste et exigea de son fils aîné, Nathanaël, le même parcours. Son second fils, Simon, suivit une formation classique de nez et géra l'établissement de Grasse. Vers 1900, Médare fit l'acquisition d'une usine de chimie à Hambourg. Il avait choisi un site éloigné pour ne pas porter atteinte à l'image des parfums Elzeon, qui, en France, conservaient une clientèle attachée à l'origine naturelle des produits.

— Il a fait preuve d'une grande lucidité… déclara le directeur.

— Peu à peu, Médare s'est familiarisé avec la chimie des parfums. Il sut fabriquer de l'héliotropine, évoquant la fleur d'héliotrope, le terpinéol imitant le muguet, les aldéhydes rappelant le jasmin, le diméthylhydrocinnamyl à la senteur de lilas, la coumarine, la vanilline, les quinoléines, les synthèses de musc, les ionones, aux senteurs d'iris et de violette, comme vous devez tous le savoir ici. Il ne s'agissait pas de créations, mais de brevets qu'il reprenait, de synthèses conçues par des chimistes un peu partout en Europe, surtout en France et en Allemagne. Il avait compris l'enjeu... Comme tous les parfumeurs, il avait été tout d'abord méfiant, car il trouvait que les parfums de synthèse donnaient des arômes violents et parfois désagréables, car trop concentrés. Néanmoins, à force d'expériences et d'essais, il mit au point deux parfums qui eurent un succès foudroyant : Horizon, qui utilisait la coumarine et la vanilline, et Encens, à base d'aldéhydes, dont la C14, à l'odeur de pêche.

— Ces parfums sont encore très populaires, intervint Henri de Thines.

— Pourtant, ils datent d'avant la Première Guerre mondiale ! Le succès fut tel que Médare décida de renommer sa maison, qui devint Dorian... En effet, Elzeon sonnait mal. Ce nom était trop oriental, trop métèque, en quelque sorte. D'ailleurs, la famille s'installa à Hambourg et adopta le patronyme de Dorian. Celui d'Elzeon tomba dans les oubliettes. Les plantations et la distillerie de Grasse devinrent des antennes de la maison Dorian. Les ateliers parisiens furent vendus, la production ne se faisant plus qu'à Hambourg en liaison avec Grasse. La vieille parfumerie de la rue des Gravilliers fut cédée. L'entreprise Dorian, image même de la modernité, commençait une ascension fulgurante. Le succès ne fut pas seulement hexagonal, et le nom de Dorian devint dans le monde le symbole de l'élégance et du raffinement français. Dans l'entre-deux-guerres, la clientèle se familiarisa avec les parfums synthétiques. Le fils de Médare, Nathanaël, chimiste passionné, confirma cette orientation en créant Vipère et Obsession. Il fit la gloire de notre nom.

— Pouvez-vous nous parler de ce nez de génie ? demanda le directeur.

— Depuis qu'il était enfant, Nathanaël Dorian s'enfermait dans des ateliers, composait des parfums, les testait auprès du personnel des plantations de Grasse où il passait chacun de ses étés. Il avait quinze ans quand il mit au point un parfum inimitable qui fit sa gloire et sa fortune.

— Rêve ! s'écria Henri de Thines.

— Oui, Rêve, encore vendu et porté aujourd'hui. Il avait le don des dieux, comme on dit. Peu le possèdent. Quand son frère Simon, qui gérait les établissements français, mourut, sur le front, Nathanaël décida de diriger seul l'entreprise. Il quitta l'Allemagne pour Grasse. Là, il fit construire des ateliers pour les produits de synthèse, y établit son laboratoire à côté de la villa où il s'installa avec son épouse Marguerite en 1921. Il créa deux parfums sublimes : Eau divine et Apolla. Pour les parfaire, il fit venir à Grasse sa sœur Aude, qui avait toujours été son premier soutien et sa conseillère. Sa réussite lui devait beaucoup. Mais les visites d'Aude se firent rares, elle avait épousé en Allemagne un officier du nom de Bauer.

Iris tressaillit. Bauer : elle avait entendu ce nom.

— Bauer avait combattu pendant la Grande Guerre, reprit Dorian, et le traité de Versailles lui était resté en travers de la gorge ; il n'acceptait pas la défaite de son pays et rêvait de revanche. Il finit par interdire à son épouse de rendre visite à ce frère français. Pour mon grand-père, l'absence de sa sœur Aude fut une première épreuve. Perdre tout intérêt pour les parfums fut la seconde.

— Il n'a plus inventé de grands parfums ? demanda Iris, surprise par sa propre audace.

Dorian se troubla, chercha du regard dans les rangs du public l'étudiante qui avait osé s'exprimer. Mais il ne se formalisa pas et répondit :

— Le génie créatif est volatil. Mon grand-père n'a plus rien produit à partir de la fin des années 1920. Le feu sacré l'avait déserté. Il s'est dès lors consacré à des études sur les vertus méconnues de certaines plantes méditerranéennes. Il était autant chimiste que parfumeur. Son épouse, Marguerite, avait du mal à le sortir de son laboratoire.

— Mais les deux autres parfums : Anthologie et Diurne, lancés en 1945 ? Qui les a créés ? insista

Iris, ignorant les coups d'œil réprobateurs des enseignants.

— Hippolyte, le fils de Nathanaël.

Elle dissimula son trouble en croisant et décroisant ses jambes.

— Car fort heureusement, poursuivit Armand, Nathanaël avait un fils pour le seconder. Il était doué, lui aussi. Il avait tout appris de son père et de son grand-père Médare. Il passait des heures à parcourir les champs de fleurs, à humer la nature, à écrire des formules. Il était né en 1921. Dès ses quinze ans, il fut capable de merveilles. Lui était parfumeur, exclusivement.

— Il ne travaille plus pour vous ? demanda Iris.

— Il... il a renoncé au métier et il est décédé...

Le silence se fit dans la salle. Dorian ne semblait pas triste, mais affreusement mal à l'aise. Iris retint une exclamation. C'était son père qu'il évoquait. Elle résista à l'envie de se lever pour rétablir la vérité. De protester. Mais protester contre quoi ? Contre qui ? Que savait-elle de cette étrange famille et du destin d'Hippolyte ?

— Ma mère et moi-même sommes les gérants et propriétaires de l'entreprise depuis 1945, reprit Armand. Nous l'avons internationalisée, avons élargi notre gamme, ne produisant pas seulement du parfum de luxe. Depuis quelques années, il y a un marché plus populaire qui s'est ouvert à nous, en supermarchés, en pharmacies, plus seulement en parfumeries au sens strict. Nous créons aussi des parfums de moyenne gamme.

— C'est vous qui les composez ? demanda une autre étudiante, enhardie par l'intervention d'Iris.

— Ce sont nos chimistes et nos nez. Je gère l'entreprise, avant tout. Je ne me consacre à la création de parfums que trop rarement, accaparé par l'administratif.

— Et votre mère ? reprit Iris, songeant à la femme au chapeau cloche qu'elle avait aperçue à Nialvic.

— C'est une gestionnaire, pas un nez, répondit sèchement Armand Dorian.

— Ainsi, votre grand-père n'a formé qu'Hippolyte ? fit Iris d'une voix qu'elle voulait neutre et pas certaine d'y être parvenue.

Armand Dorian ne répondit pas. Il continua son discours par un exposé sur les senteurs des fleurs de Méditerranée, sujet qu'il maîtrisait parfaitement. Iris l'écouta à peine.

Pourquoi Hippolyte avait-il coupé les ponts avec cette famille riche et brillante ? Pourquoi avait-il abandonné un destin de grand parfumeur ? Elle devait approcher les Dorian, faire la connaissance d'Armand, qui lui faisait si forte impression. Il était une des clés de l'énigme. Car elle avait entendu madame Dorian dire à Hippolyte que son fils avait besoin d'aide. Ce fils, était-ce Armand ? De quel genre d'aide était-il question ?

3

Iris attendait en bas du grand escalier qui menait à l'amphithéâtre. Appuyée contre le mur avec nonchalance, elle feignait de s'intéresser à un traité sur la parfumerie moderne. Puis son cœur battit plus fort et elle faillit s'enfuir. En grande conversation avec le directeur et Henri de Thines, Armand Dorian descendait les marches. Quand ils furent à sa hauteur, Iris baissa son livre et fit un pas vers les trois hommes, comme si de rien n'était.

— Ah ! Voici Louise Leclerc, une de mes meilleures étudiantes ! s'écria monsieur Grandjean. Elle fera un nez excellent, j'en suis certain.

— J'y travaille, en tout cas, répondit Iris d'une voix qu'elle espérait ferme malgré son manque d'assurance.

Armand lui offrit un sourire, apparemment sans rancune pour ses interventions intempestives au cours de son exposé.

— Eh bien, mademoiselle, dit-il en plongeant son regard dans celui d'Iris, vous semblez passionnée. Comment vous est venu le goût des parfums ?

— De ma mère. Elle adorait ça, ses amies aussi. J'ai toujours été fascinée par leurs reflets.

— Leurs reflets ?

— Oui, le reflet de leur personnalité, ou de leur capacité à donner une personnalité, une enveloppe charnelle et olfactive.

Il la considéra en silence de ses yeux bleus, se troubla. Il découvrait le charme discret d'Iris, sa beauté qu'on ne percevait pas au premier regard.

— Une enveloppe, dites-vous ?

— Oui.

— C'est exactement ça, oui. Une enveloppe, ou un masque...

Monsieur Grandjean et Henri de Thines, pressés par d'autres obligations, s'éloignèrent, laissant Armand Dorian en tête à tête avec Iris.

— C'est curieux. Vous me rappelez quelqu'un... finit-il par lâcher. Nous sommes-nous croisés quelque part ?

— Impossible, répondit aussitôt Iris. Je viens du Nord. Mes parents sont d'Arras.

— Vous êtes à Aix depuis longtemps ?

— Un an et demi.

Il hocha la tête, fit quelques pas, sembla se raviser et fit volte-face.

— Vous me feriez sentir quelques-unes de vos créations ?

— Oui… oui… bafouilla Iris. Venez chez moi demain. J'y ai mon atelier.

— Je serai parti demain.

— Alors ce soir ?

— D'accord. Ecrivez-moi l'adresse.

Il lui tendit un carnet et l'observa à la dérobée pendant qu'elle s'exécutait. Elle lui rendit son calepin en tremblant. Leurs regards se croisèrent et elle ressentit comme une décharge électrique. Elle regretta que cet instant magique s'arrête.

Il descendit les dernières marches du palier et se retourna pour lui adresser un sourire ambigu qui resta gravé en elle pour le restant de la journée. Comme un vœu, comme l'espoir d'une histoire à venir…

Elle quitta l'institut de bonne heure. Plus le moment de la visite d'Armand Dorian approchait, plus elle avait peur de se dévoiler. Elle s'en voulait de s'être emballée de la sorte, de l'avoir approché avec tant d'audace. Et s'il devinait tout ? Hippolyte lui avait ordonné de se protéger, et elle craignait de se jeter dans la gueule du loup. Mais elle ne pouvait plus reculer.

Elle se précipita aux Galeries Lafayette et demanda à Sarah de l'accompagner chez elle et de passer la soirée avec eux. La présence de son amie la rassurerait. Sarah accepta et la suivit dès qu'elle se fut changée. Elles mirent un peu d'ordre chez Iris, prirent un café et bavardèrent pour noyer l'angoisse qui montait.

— Mais enfin, de quoi as-tu peur ? répétait Sarah.

Iris se mordit les lèvres. Elle ne pouvait lui confier la vérité sur son identité et son passé. Elle avait failli le faire, un soir qu'elles prenaient un verre en terrasse, car elle partageait tout avec Sarah. Elle s'était tue à temps, consciente du risque qu'elle prenait si elle venait à se dévoiler.

Armand frappa à la porte vers vingt et une heures. Dans un costume noir, il apparut à Iris encore plus séduisant que dans l'après-midi. Elle bafouilla, s'empourpra, jeta un coup d'œil angoissé à Sarah. Celle-ci vint à sa rescousse, servant à boire et bavardant avec naturel du climat à Grasse, de la douceur ambiante. Elle était d'un contact facile, savait susciter la sympathie, ce qui faisait d'ailleurs ses qualités de vendeuse.

Sarah amena la discussion sur les parfums Dorian vendus aux Galeries. Le gros du chiffre d'affaires était constitué par les produits populaires, ceux qui ne portaient pas la marque Dorian pour ne pas ternir l'image luxueuse de la maison.

— Quand allez-vous produire un nouveau parfum de légende, alors ? demanda Sarah sur un ton badin. Manqueriez-vous d'inspiration ?

— Oui, avoua Armand. Je ne trouve rien qui vaille, depuis plusieurs années…

Cet aveu donna du courage à Iris, qui voyait une porte s'entrouvrir.

— Chercheriez-vous un nez ? glissa-t-elle.

— Si j'en dénichais un, je l'embaucherais. Nous avons fait des tentatives, mais aucun candidat ne m'a apporté satisfaction. Ils manquaient tous d'originalité, me servant des versions aménagées, plus ou moins modifiées, de nos créations antérieures.

Iris se leva du fauteuil où elle était installée. Déterminée.

— Venez avec moi, Armand. Toi aussi, Sarah.

Tous deux la suivirent dans son laboratoire, un ancien salon au parquet ciré où elle avait disposé des tables sur toute la largeur de la pièce. Des étagères supportaient des bocaux de pétales séchés, des fleurs fraîches dans des vases. Des centaines de flacons, d'échantillons, de fioles colorées garnissaient un pan de mur. Elle dissimula promptement dans un tiroir les carnets d'Hippolyte qui traînaient sur un pupitre et amena Armand près de la table où se dressaient trois petites bouteilles. Elle les ouvrit méticuleusement et recula d'un pas, intimidée, en invitant d'un geste Armand et Sarah à découvrir ses créations.

— Ce ne sont que des essais, dit-elle d'une petite voix.

C'était la première fois qu'elle exhibait ses compositions inspirées des formules de son père. Sarah se précipita avec gourmandise, les yeux brillants.

— Louise, ils sont formidables, ces parfums ! s'écria-t-elle avec fougue en reposant les flacons.

Armand prit son temps et huma les trois échantillons en silence. Il s'y reprit à plusieurs fois, posant l'un et reprenant un autre, sans un mot ; il fit quelques pas dans la pièce, comme absent, la perplexité peinte sur le visage. Les deux jeunes femmes l'observaient avec angoisse. Puis il lâcha, dans un souffle :

— Vous êtes la personne que j'attendais...

Iris tomba plus qu'elle ne s'assit sur sa chaise, abasourdie.

— Ils sont divins... poursuivit Armand. J'espère ce moment depuis si longtemps... Venez travailler pour nous !

— Vous allez un peu vite en besogne, cher monsieur, tempéra Sarah. Vous n'êtes pas le seul parfumeur sur la place.

— Tenez, pour vous prouver le sérieux de ma proposition, plaida Armand, je vous achète ces trois-là, je peux offrir un bon prix pour les brevets.

— C'est si soudain... Laissez-moi réfléchir, dit Iris d'une voix peu assurée. De toute façon, il me faut finir mes études. Quoi qu'il en soit.

Elle marqua une pause, encore sous le coup de la surprise. Tout en elle lui criait d'accepter l'offre, mais un fond de prudence et la peur de se laisser subvertir par ceux sur lesquels elle souhaitait enquêter la retinrent.

— Je vous tiendrai au courant, dit-elle.

— Je vous attends avec impatience, répondit Armand. Je ne crois pas pouvoir me passer de vous longtemps.

Il posa sur elle un regard dans lequel on lisait du respect, et peut-être plus que du respect : de l'admiration. Iris dissimula son trouble et resta de glace. Il fut alors pris d'une quinte de toux qui le plia en deux quelques instants. Il sortit de la pièce, se rendit dans le salon et alla à la fenêtre qu'il ouvrit en grand, respirant péniblement. Sarah lui apporta un verre d'eau.

— Je souffre d'asthme depuis l'enfance. Pardonnez-moi, s'excusa Armand entre deux inspirations oppressées.

Pâle comme un linge, il s'épongea le front avec un mouchoir, visiblement épuisé par sa crise, et prit congé aussitôt. Quand il eut refermé la porte, Sarah murmura à Iris :

— Tu parles ! Bien sûr qu'il ne produit plus de beaux parfums ! Il est asthmatique !

— Que veux-tu dire ?

— Tu as déjà vu un nez asthmatique, toi ? La vérité, c'est qu'il est incapable de créer des parfums. Quel que soit son talent, il est handicapé par son mal. Je sais maintenant pourquoi les Dorian ne sortent plus que des parfums communs. Ils récupèrent leurs vieilles recettes qu'ils aménagent...

Iris se détourna pour masquer sa confusion. La visite de sa tante à Hippolyte prenait tout son sens. Elle avait cherché son frère, éperdument, parce qu'elle avait besoin d'un créateur de parfums, discret et doué. Voilà pourquoi Hippolyte avait déclaré qu'il était désolé pour son fils durant leur conversation à Nialvic. La maison Dorian faisait encore illusion, grâce à ses succès passés et à sa réputation, mais la crise qu'elle connaissait durait depuis trop longtemps et mettait désormais l'entreprise en péril. Sans nouveauté spectaculaire, elle agoniserait peu à peu. N'était-ce pas là une opportunité pour Iris de s'introduire dans la famille Dorian à Grasse ?

Quand Sarah l'eut quittée, Iris s'enferma dans son laboratoire et consacra une bonne partie de la nuit à travailler sur ses compositions. Inutile de songer à dormir, elle savait que le sommeil ne viendrait pas. Elle se sentait à la fois enhardie par le jugement d'Armand sur ses créations et effrayée par les sentiments naissants qu'elle devinait en elle.

4

Iris s'était laissé convaincre par Sarah d'ouvrir une parfumerie au fil de repas, de cafés pris en terrasse, de longues marches dans Aix. Elle en avait les moyens, et désormais le talent et les connaissances. Sarah était prête à tenir le magasin et elle lui apporterait ses premières clientes, des femmes qui la connaissaient et l'appréciaient aux Galeries Lafayette.

Iris avait sillonné la ville et épluché les annonces pour trouver un bel emplacement. Elle avait repéré une offre pour un point de vente boulevard Carnot qui convenait idéalement et elle n'avait pas hésité. Elle avait aussitôt loué la boutique, l'arrière-salle pour y installer son laboratoire et l'appartement au-dessus pour y vivre. Sans même s'en rendre compte, elle avait reproduit l'organisation d'Hippolyte à Nialvic.

Elle avait mené de front la fin de ses études et l'aménagement du magasin, la constitution du stock, épaulée par ses amies qui travaillaient avec elle à la décoration. Elles s'amusaient. Méline était disposée elle aussi à lâcher son emploi aux Galeries pour rejoindre la parfumerie si le succès était au rendez-vous. Il faudrait attendre les premiers résultats.

Il arrivait parfois à Iris de songer à Armand ; il surgissait dans son esprit, comme ça, alors qu'elle était en plein travail et l'image de son visage, si beau et fragile, la hantait. Elle espérait de ses nouvelles, une visite, sans oser se confier à ses amies. Il l'obsédait car il était une des clés qui pouvaient lui ouvrir le secret de la mort de son père, mais aussi, et peut-être surtout, parce qu'il lui plaisait, même si elle ne parvenait pas à se l'avouer. Avait-il joué un rôle dans l'assassinat d'Hortense et celui d'Hippolyte ? Ce qu'elle avait vu de lui l'amenait à croire en son innocence – à l'espérer, en tout cas.

Iris avait passé un après-midi aux archives à consulter les journaux pour lire les coupures concernant le meurtre de son père. La mère d'Armand, Marie-Claire Dorian, avait été entendue par la gendarmerie, mais innocentée. Le chauffeur du taxi qui l'avait emmenée à la gare avait été formel : elle avait quitté Nialvic bien avant l'heure de l'assassinat d'Hippolyte. Un contrôleur l'avait vue dans le wagon. De plus, Iris ne voyait pas la raison qu'aurait eue Marie-Claire Dorian de tuer son frère. Au contraire, même ; lors de sa visite à Nialvic, elle avait cherché à rallier Hippolyte à la cause des Dorian, à le ramener dans le giron familial pour qu'il mette à profit son talent de créateur et redonne de l'élan à l'entreprise qui, sans lui, menaçait de sombrer faute de compositions nouvelles. Sur le meurtre d'Hortense, les autorités n'avaient toujours rien.

A la fin juin, Iris obtint son diplôme de nez et de parfumeuse. Elle passa la soirée avec ses amies dans une brasserie de la rue du Temple à manger, à rire et à boire du vin. Elle avait l'impression de renaître, de commencer une vie autonome, sans l'ombre d'Hippolyte, et d'avoir enfin appris à voler de ses propres ailes. Elle partit danser avec Sarah, Janine et Méline et passa la soirée à s'amuser follement.

Elle rejoignit son magasin tout neuf à près de deux heures du matin. Elle vérifia tout avec soin et s'enferma dans le labo, s'attardant une dernière fois sur ses premières créations sur lesquelles elle avait œuvré des jours et des nuits et les flacons qu'elle allait commercialiser.

Iris lançait deux parfums dès le lendemain à l'ouverture. Le premier portait le nom de Douce Pluie. Elle avait choisi une étiquette dentelée, bleue, sur une fiole ovale et biseautée. L'autre, Lune, était un parfum plus sucré et meilleur marché qui provenait d'une recette incomplète d'Hippolyte dont elle s'était inspirée. Les flacons étaient longs et fins, en forme de demi-lune. Elle proposait aussi des crèmes et des soins parfumés. C'était Sarah qui lui avait donné cette idée géniale : décliner ses deux créations en crèmes adoucissantes pour le corps et le visage. Elle en avait elle-même élaboré la base – son père lui avait légué par sa pratique d'apothicaire un savoir-faire essentiel. Les pots en verre étaient ronds avec un petit couvercle rose ou rouge.

Elle monta se coucher à l'aube. Exténuée, mais satisfaite et confiante.

Sarah la réveilla un peu plus tard, tout excitée. Sur une des poches de sa blouse bleue à manches courtes était brodé le nom de la boutique : Mille Fleurs. Elle tournait autour d'Iris en lui répétant qu'elle se montrerait à la hauteur, que le succès serait au rendez-vous.

La présence de Sarah rassurait Iris. Elle avait de l'énergie pour deux. Elle était un véritable cadeau pour Iris, dans cette nouvelle vie et dans cette aventure, elle en avait conscience.

En ce jour d'inauguration, les premières clientes se présentèrent de bonne heure. Elles furent étonnées et charmées par ce magasin coquet, sans prétention, où tout donnait envie de se sentir femme. La vitrine s'ornait de longs rideaux bleu ciel et les flacons reposaient sur des blocs en carton imitant les rochers d'un rivage breton. Iris avait accroché au plafond des petits poissons bleus et blancs, des étoiles et des soleils, des lunes avec le logo de ses produits. Le parquet ciré était impeccable, les murs blancs reflétaient la lumière du dehors, l'espace était clair, sobre, confortable.

On testait les parfums sur des cotons, une décision d'Iris ; elle n'aimait pas la méthode actuelle qui consistait à asperger le cou ou le poignet des clientes pour qu'elles le jugent. Très vite, les senteurs se fondaient dans un amalgame confus et souvent désagréable.

La création d'une parfumerie avait suscité la curiosité et les visiteuses défilèrent toute la journée dans la boutique, qui bientôt s'emplit d'une odeur suave ; si elles n'achetèrent pas toutes les créations d'Iris le premier jour, elles revinrent les jours et les semaines suivants avec des amies, des sœurs et des cousines. Il y eut quelques articles de presse élogieux qui attirèrent une clientèle nouvelle. Rapidement, la réputation de Mille Fleurs dépassa le cadre strictement local.

Il se présenta de grandes bourgeoises désirant posséder leur propre parfum, service original qu'Iris proposait ; elle invitait les dames dans son labo et adaptait ses parfums en fonction de leurs goûts, de leurs désirs. Le bouche-à-oreille fonctionna à merveille.

L'organisation du magasin coulait de source : Sarah, commerçante-née, s'occupait de la vente quand Iris ne sortait guère de l'arrière-boutique. Les deux femmes furent bientôt assaillies et ne surent plus où donner de la tête. De partout, les commandes affluaient, qu'il fallait expédier et facturer. Au bout de trois mois, Méline fut embauchée pour s'occuper de la partie administrative, qui devenait envahissante.

La nuit, Iris travaillait d'arrache-pied à la création d'une eau aromatique, moins concentrée que le parfum. Ce fut un triomphe et les flacons s'arrachèrent : elle dut se rendre à l'évidence : il lui fallait un apprenti pour l'assister dans ses préparations. Elle recruta une de ses anciennes condisciples de l'institut qui s'était présentée spontanément à elle. Annie avait eu le courage d'avouer qu'elle ne possédait pas le talent pour développer ses propres créations, mais qu'elle savait s'adapter au savoir-faire d'autrui. C'était une fille discrète qu'Iris appréciait déjà à l'école. Elle était sérieuse et travailleuse. Elle lui fit confiance et n'eut pas à le regretter. Reconnaissante, désireuse d'apprendre et de produire, Annie assista Iris avec efficacité et initiative.

Le premier bilan, après six mois d'existence, fut très encourageant. Iris se décida à lancer d'autres parfums, d'autres eaux, pour ne pas lasser tout en conservant les premiers modèles auxquels les clientes étaient fidèles. Il lui fallut songer à embaucher une vendeuse supplémentaire. Logiquement, Janine, autre amie des Galeries Lafayette, la rejoignit.

5

En ce dimanche matin, le magasin était fermé. Avant de rejoindre Sarah pour aller déjeuner à Aubagne, Iris refaisait sa devanture. Elle sentit un regard insistant sur elle. Elle se retourna.

Elle avisa un homme âgé qui s'était approché, appuyé sur une canne, le dos voûté, la démarche incertaine. Il boitait. Elle se souvint de lui : il était venu au magasin avec sa femme pour lui offrir un parfum. Ses traits avaient frappé Iris : il paraissait moins vieux que ce que son physique laissait croire. Il était usé, fatigué, ses gestes étaient lents, rares. Pourtant, ses yeux respirant l'intelligence et la bonté brillaient d'un éclat vif et paraissaient jeunes au milieu d'un lacis de rides.

Il s'immobilisa devant la vitrine et fit un signe à Iris qu'il accompagna d'un sourire timide ; intriguée, celle-ci déverrouilla la porte et l'invita à entrer. Il pénétra dans la boutique d'un pas hésitant, tête basse. Il semblait à la fois embarrassé et dévasté de tristesse.

— Pardonnez-moi, mademoiselle, de vous observer comme ça… C'est que…

— Venez vous asseoir, je vous en prie, dit Iris en lui prenant le bras pour le conduire vers un fauteuil où il prit place.

— Je m'appelle Palinski. J'étais médecin…

L'homme avait un accent prononcé.

Iris s'assit face à lui, curieuse. Le bonhomme lui inspirait de la pitié, sans qu'elle sache pourquoi. Tout en lui exprimait la désolation.

— Je n'ai pu m'en empêcher… C'est que… pour moi, c'est un bonheur et une torture… Dès le premier instant où je vous ai vue, vous m'avez fait penser à elle…

Un sanglot lui coupa la parole. Iris ne savait que dire. Elle attendit patiemment, respectueuse.

— Vous ressemblez à ma fille Isadora. Mon Dieu, vous avez ses cheveux, vous avez ses gestes exquis, sa grâce. Même votre visage m'évoque le sien. Mais, par-dessus tout, vous avez sa voix. Je n'ai jamais pu oublier sa voix.

Troublée, Iris fut incapable de répondre. Le docteur Palinski haussa les épaules.

— Sûrement une coïncidence, reprit-il. Ma fille est bel et bien morte. Sous mes yeux. Et elle serait plus âgée que vous. Je ne suis pas fou, mademoiselle. Je suis malheureux.

— Que s'est-il passé ? Vous voulez en parler ?

Il soupira avant de hocher la tête.

— Nous vivions en Pologne, non loin de Cracovie, en 1939. Quand les Allemands nous ont envahis, mon épouse me disait sans cesse que nous devrions quitter ce pays, que nous ne pouvions demeurer dans ce Reich devenu infect. Mais j'avais une belle situation. J'étais médecin. Après l'invasion allemande, mes clients sont restés fidèles et j'aurais eu l'impression de les abandonner en émigrant. Par la suite, j'ai été recruté comme médecin pour les nazis officiant en Pologne. J'ai soigné des monstres. J'aurais dû les tuer, tous.

Hippolyte avait souvent parlé à Iris de la période de la Seconde Guerre mondiale, qu'il avait vécue. Elle avait encore en mémoire les horreurs que son père, d'origine juive, lui avait racontées.

— Que vous est-il arrivé ? demanda Iris, émue.

Le vieil homme baissa la tête, anéanti par ses souvenirs. Il soupira, et, au bout d'un long moment, réussit à dire :

— Ma fille a été enlevée par trois SS. Ma femme en est morte de chagrin.

— Enlevée ?

— Oui. Un soir de décembre 1939. Ils l'avaient repérée et suivie. Ils sont entrés et l'ont emmenée de force. Nous n'avons plus eu de nouvelles d'elle. Pendant des années. Bien sûr, c'était pire que de la savoir morte. On imagine la souffrance de son enfant, voyez-vous, c'est insupportable. Après la guerre, j'ai épluché les listes de disparus, en vain. Et puis, un jour de 1950, j'ai reçu une lettre. Elle était d'un médecin d'un hôpital psychiatrique allemand. Il avait comme patiente une femme qui ne connaissait pas son identité. Une femme sans mémoire qu'on avait trouvée, errante, au sortir de la guerre, en Allemagne, près de Munich, amnésique, traumatisée et mutique. Rien sur elle ne pouvait permettre de l'identifier. Elle avait été prise en charge par cet hôpital. Un jour, le médecin en chef est tombé sur un de mes multiples avis de recherche publiés dans la presse allemande, auquel était jointe une photo de ma fille. Il l'a reconnue, sans hésitation. Fou d'espoir, je me suis rendu dans cet hôpital.

— Je comprends tellement, glissa Iris.

— C'était bien elle, mon trésor. En tout cas son enveloppe charnelle. Hélas, son esprit était détruit, sa mémoire effacée, elle ne m'a même pas reconnu, moi, son père… J'ai passé des heures à essayer de la faire revenir à elle, à ce qu'elle était avant-guerre, en pure perte. Elle me regardait comme si j'étais un inconnu, d'un œil absent. Je l'ai emmenée à Paris avec moi. Cela n'a fait que la troubler, la rendre plus anxieuse. Elle est morte de la tuberculose peu de temps après. Et comprenez : sa mort fut comme un soulagement. Au moins, je savais qu'elle avait trouvé la paix.

— Vous n'avez pas su ce qu'elle avait vécu pour être traumatisée de la sorte ?

— Pas vraiment. Cependant, j'ai eu une longue conversation avec le médecin de l'hôpital où ma fille avait été recueillie. Lors d'un séminaire, quelques mois auparavant, il avait discuté avec un autre psychiatre qui avait eu le même type de patiente. Une femme sans identité et sans mémoire, retrouvée à moitié folle, près de Hambourg. Elle présentait les mêmes symptômes que ma fille. Finalement, elle avait été reconnue par sa famille, des paysans polonais. Des SS l'avaient enlevée en 1939, depuis, ses parents étaient sans nouvelles. Ils ont voulu en savoir davantage sur ce qu'avait enduré leur fille. Après de multiples recherches et annonces, une femme s'est fait connaître. Elle avait connu la jeune Polonaise dans une « Fontaine de vie » où elle était nourrice pendant la guerre.

— Une « Fontaine de vie » ?

— Oui, un établissement nazi où l'on faisait accoucher des femmes qui portaient des enfants de SS, si elles répondaient aux critères physiques.

— Une crèche d'enfants nazis... ? s'étonna Iris.

— Oui... Une maternité, plus précisément. Les enfants étaient ensuite placés dans des foyers pour former les futures Jeunesses hitlériennes... Dans ces maternités, des bâtiments retirés, les plus durs des nazis faisaient de la sélection génétique pour créer leur race aryenne pure et supérieure. La nourrice a témoigné au procès de Nuremberg contre les responsables de ces maternités.

— Qu'a-t-elle dit ?

— Certaines mères étaient très jeunes, elles accouchaient discrètement et abandonnaient leur enfant à une famille nazie. D'autres avaient été enlevées pendant les campagnes de l'Est, violées puis enfermées dans ces Fontaines de vie. Comme la malheureuse Polonaise dont je viens de vous parler.

— Que sont-elles devenues ?

— D'après la nourrice, elles étaient droguées, puis elles ont été liquidées à la fin de la guerre.

— Vous avez rencontré cette nourrice ?

— Oui, bien sûr. Elle n'a pas reconnu ma fille sur la photo. Il y avait d'autres Fontaines de vie dans le Reich. Elle travaillait près de Hambourg. Elle a pu nommer le directeur de l'établissement : le colonel Bauer.

Iris retint un cri. Elle dissimula son trouble mais le docteur Palinski le perçut :

— Vous en avez entendu parler ?

— Oui... Mais ce serait trop long à expliquer. Poursuivez.

— A l'armistice, il a été retrouvé mort dans son bureau, ainsi que les deux médecins qui travaillaient avec lui. On les avait abattus et on avait mis le feu aux bâtiments.

— Que sont devenues ces femmes ?

— Bauer et ses acolytes avaient pris soin de toutes les éliminer avant l'arrivée des Alliés, pour éviter les témoins. Les autres, celles qui ont été libérées, comme ma pauvre fille, étaient amnésiques.

— Et les enfants ?

— Les Alliés n'en ont pas trouvé dans l'établissement de Bauer. Je n'ose imaginer ce qu'il en a fait en sentant le vent tourner...

Iris se taisait, le souffle coupé par ce récit. Au bout d'un long moment, elle demanda :

— Cette nourrice est encore en vie ?

— Non. Elle s'appelait Ingrid Liemanser ; après la guerre, elle a travaillé dans une maison de retraite à Hambourg... J'ai tenté... je tente encore d'oublier... Ma seconde femme, celle qui est venue ici avec moi pour choisir un parfum, est juive. Elle est sortie vivante des camps, mais seule, son premier mari et ses enfants y sont restés. Nous nous sommes épaulés. Nous sommes venus vivre à Aix.

Iris saisit les mains de son interlocuteur et les pressa. Il la dévisagea, les yeux pleins de larmes. Il avait la peau glacée et Iris réprima un mouvement de recul – elle avait l'impression de toucher un cadavre.

— Je vais partir, mademoiselle. Je ne veux pas abuser de votre temps. Cela m'a fait du bien de parler avec vous. Tous les survivants disent cela : parler pour se purger. En réalité, on croit chaque fois arracher une particule de son désespoir, mais il se reforme presque aussitôt. Alors il faut repartir avec ce poids affreux. Avec ces souvenirs terribles. Avec cette culpabilité d'être encore en vie.

— Votre métier ne vous a pas aidé à supporter ?

— Si. Je l'ai mené comme d'autres mènent une croisade.

— C'est-à-dire ?

— Je me suis fait embaucher par des associations caritatives internationales et j'ai toujours occupé des postes sur des lieux de conflits qui affectaient les civils. En Afrique surtout. Je peux supporter la mort en face. Elle est en moi. J'ai passé ma vie à faire un bras de fer avec elle. J'ai soigné et aidé tous les enfants que j'ai pu. Comme pour venger ma fille. Mon épouse m'a suivi. Elle avait passé son diplôme d'infirmière après-guerre, et puis nous avons été trop vieux pour suivre les convois humanitaires. Il y a un moment où il faut savoir arrêter de fuir. Et ce moment fut le plus dur de ma longue survie... Le travail m'apaisait.

— Je comprends ça. Chercher l'oubli dans le travail.

— J'essaye d'oublier ma colère. C'est un sentiment qui ronge, qui tue, qui rend mauvais. Pourtant, voyez-vous, quand je vous vois, là, me rappelant tant ma fille, je ne sais par quel hasard, je retrouve ma vieille haine. Je hais la terre entière. Je hais la vie. Je hais la mort.

Il avait élevé la voix. Il peina à reprendre son souffle, s'excusa.

— Si cela vous aide, cher monsieur, revenez quand vous voulez.

— Merci, vous êtes gentille.

Il mit du temps à se lever. Il semblait encore avoir vieilli. Iris le raccompagna et le laissa la serrer dans ses bras tremblants. Elle avait la gorge nouée.

6

L'été était chaud. La garrigue laissait ses senteurs douces et poivrées planer jusqu'à Aix. Iris et Sarah ouvraient la porte et la fenêtre de l'atelier, à l'arrière, pour créer un courant d'air. Iris avait sorti une gamme de pommades déodorantes qui s'arrachaient. Les affaires marchaient de mieux en mieux et elle songeait à ouvrir une nouvelle enseigne à l'autre bout d'Aix, avenue des Belges. Souvent, elle pensait à la façon simple et sans ambition dont Hippolyte avait géré son commerce sans chercher à s'enrichir. Que lui conseillerait-il ?

Elle s'était habituée aux visites du docteur Palinski, qui venait presque une fois par semaine et s'installait dans le laboratoire. Elle appréciait sa présence. Ils bavardaient un peu, il l'observait qui travaillait, posait parfois une question, s'informait sur son métier. Il racontait les pays africains où il avait vécu avec sa femme, et ses récits exotiques arrachaient un peu Iris au quotidien. Il ne lui avait jamais reparlé de sa fille, elle n'osait aborder ce sujet qui le brisait.

Elle songeait parfois à confectionner un parfum de son père en suivant scrupuleusement sa recette. Une sorte de réticence la retenait. Elle aurait eu l'impression de lui voler sa mémoire, son talent, son savoir. Pour l'heure, elle créait des parfums qui plaisaient en s'inspirant, mais de loin, des carnets d'Hippolyte.

Un jour, en les parcourant, elle retomba sur la recette qui portait une tête de mort, la mystérieuse ménoxiline, dans le carnet qu'elle avait arraché aux flammes. Elle en lut et relut la composition, qui comprenait des plantes, mais aussi des substances chimiques dont elle ne connaissait pas les effets. Le lendemain, elle montra la formule à monsieur Palinski qui était venu, à son habitude, lui rendre visite. Il observa les noms et réfléchit longuement :

— Je ne connais qu'un seul produit sur les trois dont vous me parlez : le PHty. C'est un produit qu'on utilise aujourd'hui pour les anesthésies générales, en cas d'opération grave et longue. Il est très efficace s'il est bien dosé. Sinon, il peut être fatal. Il entraîne une perte de la mémoire.

— Irréversible ? demanda Iris.

— Non, mais très handicapante, et qui peut durer plusieurs années. Il faut de la patience et un gros travail pour récupérer sa mémoire. J'y ai été confronté une fois, dans un dispensaire d'Algérie. Le patient s'est réveillé de son opération en ayant oublié son identité, sa vie, tous ses souvenirs, et ayant gardé le langage et les savoir-faire fondamentaux. Il était comme un nouvel homme. Comme s'il naissait, tout en étant adulte. Il lui a fallu un an pour se retrouver.

— Et l'autre molécule ?

— Jamais entendu parler... Mais je peux me renseigner, si vous voulez. J'ai gardé des contacts dans le milieu hospitalier.

Quand monsieur Palinski fut parti, Iris consulta son grand livre des plantes pour trouver les vertus des trois autres composantes naturelles de la ménoxiline. Il s'agissait de trois ingrédients qu'elle n'avait jamais vus dans le laboratoire ou la boutique d'Hippolyte. La première, l'amnesia géante, était une plante hallucinogène. La deuxième, l'iboga, utilisée dans les rites magiques du Gabon et du Cameroun, avait la faculté de troubler la mémoire récente. La dernière, la mescaline, issue d'un cactus du Mexique broyé à maturité, plongeait dans un coma plus ou moins long, avec des pouvoirs amnésiants.

Iris comprenait pas à pas que la ménoxiline était un poison qui gommait la mémoire, immédiate ou plus lointaine, et peut-être de façon définitive. Etait-ce une invention de son père ?

Le lendemain, monsieur Palinski vint lui dire ce qu'il avait trouvé sur l'autre composante chimique de la ménoxiline :

— C'est un mélange de rhinaprol et de solviane, synthétisés juste avant la guerre par des chercheurs américains, expliqua-t-il. Ils étaient utilisés en psychiatrie, comme de puissants anxiolytiques, contre les dépressions et les attaques d'angoisse. Assez dangereux en cas de dépendance. Ces produits ont été retirés du marché rapidement. Ils dépersonnalisaient les patients en les abrutissant. Leurs proches ne les reconnaissaient plus.

Iris était désormais convaincue que la ménoxiline, absorbée en quantité suffisante, effaçait la mémoire.

Elle passa le reste de la journée la tête ailleurs, sans pouvoir vraiment se concentrer. Elle recevait les clientes, parlait, encaissait, préparait les crèmes et les parfums en pensant à autre chose. Hippolyte avait évoqué cette substance lors de la visite de madame Dorian en citant une certaine Julia Herd, condamnée à mort, à qui Bauer aurait fait prendre de la ménoxiline. Quant à monsieur Palinski, il avait mentionné l'histoire de sa fille et d'une autre captive des Fontaines de vie… toutes deux retrouvées amnésiques au sortir de la guerre.

— Et si je prenais quelques jours de vacances ? demanda-t-elle soudain à Sarah qui passait derrière la caisse.

— Je te le dis depuis le début de l'été ! Pars te reposer un peu. Je peux me débrouiller ici si tu avances la production.

— Oui. Je vais partir.

— Où ?

— En Allemagne.

— En Allemagne ? Mais pour quoi faire ? Va plutôt au soleil, à la mer !

— Non. Je vais à Hambourg !

7

Le long trajet en train plut à Iris. Installée dans son compartiment, elle était contrainte à l'inactivité pour la première fois depuis l'ouverture de sa parfumerie, et la tension accumulée se relâchait à mesure que défilaient les kilomètres. Elle se laissait bercer et profitait de l'occasion de se trouver en tête à tête avec elle-même pour se reposer et mettre de l'ordre dans ses pensées, dresser un premier bilan. Elle mesurait non sans fierté le travail et l'investissement fournis depuis qu'elle s'était lancée. Jamais elle n'aurait pu arriver à ses fins sans ses amies. Sa réussite était la leur. Elle éprouva un élan de reconnaissance pour Sarah au premier chef, puis pour Janine et Méline, qui l'avaient rejointe ensuite.

Hambourg la charma. Elle eut la chance de la découvrir sous le soleil de septembre et elle passa deux jours à visiter la partie historique de la cité. Elle ne put s'empêcher de faire un tour dans la principale parfumerie. Toutes les créations de la maison Dorian y étaient présentes. Elle essaya les parfums Aventure et Encens de Médare Dorian, Vipère et Emotion de Nathanaël, et, surtout, elle s'offrit les deux parfums de son père : Anthologie et Diurne. Les porter éveillait en elle un sentiment de plaisir mâtiné de tristesse.

Elle se renseigna sur la famille Dorian, utilisant sa connaissance de l'allemand. La patronne de la parfumerie lui indiqua l'adresse d'une vieille dame qui avait été gouvernante chez les Dorian : madame Wislenz.

Iris s'y rendit aussitôt. Madame Wislenz habitait au premier étage d'un immeuble début XIXe siècle bien entretenu et propret. Elle frappa à la porte et entendit s'approcher un pas lent et traînant. Une petite femme voûtée appuyée sur une canne, le visage creusé de rides mais les yeux clairs et vifs, lui ouvrit avec un sourire curieux.

— Bonjour, madame, dit poliment Iris en allemand. Je suis parfumeuse et je fais des recherches historiques sur les Dorian, je peux vous poser quelques questions ?

— Volontiers ! répondit la vieille dame en l'invitant à entrer. Pour une fois que j'ai de la visite !

L'intérieur était lumineux, avec des meubles simples et un parquet ciré. Elle installa Iris à une table en formica dans la cuisine et lui servit un café. Elles échangèrent d'abord quelques banalités, sur le temps, sur la ville.

— Alors, que voulez-vous savoir sur les Dorian, chère mademoiselle ?

— Oh, tout ! Leur réussite me passionne. Vous avez connu Médare ?

— C'est lui qui m'a embauchée. Il avait alors une quarantaine d'années, j'étais alsacienne et il voulait une gouvernante qui parlait français pour ses enfants, Aude, Nathanaël et Simon. On peut dire que je les ai élevés, ces trois diables ! Je les adorais. J'ai même hésité à suivre monsieur Nathanaël quand il est parti vivre à Grasse, mais j'avais mes nièces, ici, ma vie… Je suis restée au service d'Aude.

— Quel genre d'homme était Médare ?

— Brillant. Mais distant, et même solitaire, toujours occupé à ses affaires, qu'il menait de main de maître. Il était obsédé par la recherche de l'innovation et passait son temps dans ses plantations à Grasse ou dans ses usines, ici, à Hambourg.

— Il s'occupait bien de ses enfants ?

— Monsieur Médare s'en occupait peu. Il a commencé à s'intéresser à eux quand ils ont été adultes. Simon était fait pour les fleurs, il était plutôt rêveur, élégant, raffiné. Médare lui a confié les plantations et les parfumeries de Grasse en gérance. Il lui a appris l'art du parfumeur et en a fait un très bon nez.

— Et Nathanaël ?

— Nathanaël était doué en sciences et s'est passionné pour la chimie. Enfant, il fallait le surveiller. Il passait des heures à manipuler des produits, à les mélanger, à faire des expériences. Il s'était créé un atelier secret dans un cabanon du jardin. Un jour, le feu y a pris à cause d'une expérimentation qui a mal tourné. Médare l'a envoyé à la faculté de chimie de Munich puis lui a confié les rênes des usines de Hambourg. Le grand chef parfumeur, le patriarche, restait Médare. Renfermé, mais assez génial, il faut bien l'avouer. Ses parfums se vendent encore partout dans le monde, même en Asie, paraît-il.

— Et Aude ? Sa fille ?

— Aude a été poussée à se marier. Médare avait parmi ses riches clients une influente famille prussienne, les Bauer. Leur fils unique, officier dans l'armée allemande, avait jeté son dévolu sur Aude. C'était une jeune femme jolie et cultivée. Elle a épousé le capitaine Bauer, dont le père, en échange, a effacé l'ancien nom juif des Dorian des fichiers de l'état civil.

— Le nom d'Elzeon, c'est ça ?

— Oui.

— Aude consentait à ce mariage sous conditions ?

— Elle n'y était pas opposée. C'était une dilettante, une jeune femme qui ne tenait pas à contrarier son père. Elle apportait une dot énorme et le capitaine Bauer avait une belle carrière devant lui. Le jour de son mariage, Aude m'a avoué être heureuse de satisfaire son père. Médare ne s'était jamais vraiment intéressé à elle. Elle ne trouvait pas grâce à ses yeux. Elle ne manquait pas de qualités, pourtant. Mais c'est une femme qui s'est fanée par la suite, qui s'est laissée aller, qui a sombré dans une espèce de neurasthénie qu'on n'a jamais expliquée. Elle est devenue triste, désespérée, même. Comme rongée par quelque secret... Il faut dire que son frère Simon a trouvé la mort sur le front lors de la Grande Guerre. Elle ne s'en est pas remise. Il combattait dans les rangs français alors que Bauer était en face, ce qui n'a pas facilité les relations du couple. Quant à Nathanaël, il avait par chance été réformé. Ce fut une période difficile pour Aude, ainsi que pour toute la famille. Après la mort de Simon, Médare devint obsédé par la crainte de ne pas avoir d'héritier, d'avoir bâti une fortune et un empire pour rien. Aude n'avait pas d'enfant, de même que Nathanaël, pourtant marié depuis l'avant-guerre avec une jeune femme délicieuse, Marguerite. On disait que le couple était stérile. Un soir, Nathanaël est venu me dire adieu. Il avait décidé de quitter Hambourg pour Grasse. Il espérait que l'air de la Méditerranée apporterait un changement propice à leurs vœux de fonder une famille. Il avait beaucoup réfléchi avant de prendre cette décision. La chimie était son domaine exclusif et son père l'encouragea en lui promettant de transférer à Grasse les laboratoires de Hambourg. Il voulait rapatrier au plus vite les activités de la maison Dorian en France. Nathanaël et Marguerite sont partis pour la France en août 1921, ainsi que Médare.

— Vous les avez revus ?

— Nathanaël est revenu à Hambourg pour affaires, en 1939 et en 1942. En pleine guerre. Il a vu sa sœur et Bauer, désormais colonel. Il est passé me saluer.

— Marguerite ne l'accompagnait pas ?

— Non. Elle s'occupait de leurs enfants. Ils ont fini par avoir des jumeaux. Je n'ai jamais revu Marguerite. Après 1942, je n'ai jamais revu Nathanaël non plus.

Iris songea à la conversation qu'elle avait surprise à Nialvic entre Hippolyte et madame Dorian au sujet de leur mère, qui aurait été une certaine Julia Herd et non Marguerite.

— Avez-vous entendu parler de Julia Herd ? demanda Iris.

La vieille femme fronça les sourcils en réfléchissant.

— Elle aurait été condamnée à mort, l'éclaira Iris.

— J'y suis ! s'écria l'ancienne gouvernante. Je me souviens de cette sale et triste affaire. Julia Herd était une pauvre fille qui travaillait dans des plantations de fleurs, chez les Lindly. Elle a assassiné le fils de son patron et a été condamnée à mort pour son crime. C'était en 1920 ou 1921. Elle a tenté de se défendre en affirmant que le fils Lindly la violait régulièrement en la menaçant de lui faire perdre son emploi.

Iris frémit. Elle était bouleversée, croyant immédiatement la version de Julia Herd, pauvre fille qu'on avait condamnée pour sauver l'honneur d'une lignée richissime : les Lindly.

— Quelqu'un pourrait me renseigner sur elle ? demanda-t-elle.

— Elle a sans doute encore de la famille dans son village d'origine, Henburg, non loin de la frontière avec la Hollande. Pas très loin d'ici. Il y a peu d'habitants... Vous trouverez probablement quelqu'un pour vous renseigner.

— Mille mercis. J'irai au plus tôt. Et, dites-moi... qu'est devenue Aude après le départ de son frère Nathanaël et de sa femme ?

— Aude, la malheureuse... Elle est restée sans enfants, sous la férule du colonel Bauer. J'étais toujours à leur service. En prenant du grade, Bauer était devenu très dur. Il parlait à tout le monde comme s'il s'agissait de ses hommes de troupe, même à moi. Il m'avait à l'œil car je l'avais surpris en mauvaise posture et il n'aimait pas que je sois au courant de sa vie privée.

— Comment ça ?

— Je l'ai vu dans la rue avec une très belle femme à l'air un peu rêveur. Elle était appuyée à son bras et paraissait perdue, le regard dans le vague. C'était le 3 février 1921. Je m'en souviens, car, ce jour-là, il est parti pour la France, en mission, prétendit-il. En tout cas, c'était ce qu'il avait dit à Aude. Moi, je savais bien qu'il était avec sa maîtresse.

— Ce n'était peut-être pas sa maîtresse...

— Oh ! Vous connaissez bien mal les hommes, jeune fille ! Mais il est vrai que je ne l'ai jamais revue, cette femme. Et puis, par la suite, Bauer s'est investi dans l'appareil nazi. Il est entré dans la SS et a été nommé directeur d'un hôpital près de Hambourg. Il est devenu tyrannique avec Aude. Quelque chose s'est brisé entre eux, elle a commencé à avoir peur de lui, le regardait comme un monstre. Quant à lui, il la traitait comme un chien. De guerre lasse, la pauvre femme a fini par se jeter par la fenêtre en 1945.

— Elle est morte ?

— Non, elle est restée paralysée. Elle vit toujours dans sa villa, en compagnie d'une aide-soignante.

— Qu'est-ce qui a pu motiver son geste ?

— Rien en particulier, si ce n'est une visite, qui lui avait plutôt fait plaisir, de son neveu, Hippolyte, le fils de Nathanaël.

Iris détourna les yeux et attendit la suite en dissimulant son trouble.

— C'était en hiver 1945. Je me souviens de ce jour sombre. Il avait frappé, ce grand type au regard si doux. Il m'avait souri gentiment en demandant à parler à sa tante Aude. A cette époque, elle ne quittait plus sa chambre et j'ai conduit Hippolyte à l'étage, sans la petite.

— La petite ?

— Il avait son enfant avec lui, une jolie fillette toute blonde de trois ou quatre ans. Je l'ai gardée avec moi, dans la cuisine, pendant que monsieur Hippolyte voyait sa tante. Je lui ai donné des croissants. Je crois que je n'avais jamais vu pareil regard : bleu-vert, très clair. Je pourrais le reconnaître entre tous.

A ce moment, elle leva le regard sur Iris et eut un demi-sourire. Celle-ci baissa la tête, s'excusa et prit congé, gênée de ne pouvoir en dire davantage à cette femme si bienveillante et chaleureuse.

8

Iris trouva l'adresse des Herd à la poste. Elle prit un taxi et, arrivée à Henburg, demanda au chauffeur de l'attendre. De fortes pluies récentes avaient laissé de grandes flaques au milieu des pavés et elle slaloma avec précaution entre elles. La maison Herd était une masure basse de brique rouge toute proche d'un canal nauséabond. Des enfants dépenaillés couraient dans les rues. Iris était au cœur du quartier pauvre de la ville. Le chauffeur du taxi lui avait expliqué qu'un car passait tous les matins chercher les employés des plantations Lindly et les ramenait le soir à Henburg. La journée, l'endroit était déserté par les adultes.

Iris frappa à la porte. Une vieille dame lui ouvrit, l'œil hostile et soupçonneux à la vue du taxi qui patientait plus loin.

— Bonjour, madame.

— Que voulez-vous ?

— Je suis étudiante et je mène des recherches historiques, expliqua Iris en soignant son allemand.

Pourrais-je vous poser quelques questions, s'il vous plaît ?

— A quel sujet ? Je suis une simple ouvrière.

— Je travaille sur les condamnations à mort d'avant-guerre. Je fais une thèse sur ce sujet.

— En quoi cela me concerne-t-il ? répliqua la femme, méfiante.

— J'ai trouvé le nom d'une Julia Herd qui a été condamnée...

— Je ne vous parlerai pas. Rien. Je ne dirai rien. Il n'y a rien à dire, coupa-t-elle.

Elle se signa et tenta de refermer la porte. Mais Iris la repoussa fermement du pied.

— Quoi, encore ? aboya la femme.

— Juste une question : avez-vous vu le corps de Julia Herd après son exécution ? Son cadavre ?

— Il a été jeté à la fosse commune, comme pour tous les condamnés à mort. Voilà tout ! Honte à elle ! Depuis son crime, en 1921, toute ma famille crève de faim. Mes parents sont morts faute de soins, j'ai perdu mon bébé... Personne n'a jamais voulu nous embaucher après son geste. Pensez, les patrons Lindly ont passé le mot à tout le monde dans la région. Nous sommes devenus des parias.

— Savez-vous pourquoi elle a tué le fils de son patron ? insista Iris. Quelqu'un pourrait me parler d'elle ?

— Partez ! hurla la vieille femme. J'espère qu'elle est au diable... Elle et son bâtard !

— Son bâtard ? s'enquit Iris, arc-boutée contre la porte. Elle était enceinte ?

— C'est moi qui lavais le linge quand j'étais gamine. Je peux vous dire qu'elle attendait un enfant. Partez maintenant ! Partez ! Déguerpissez, ne me parlez plus de cette maudite !

Elle referma la porte au nez d'Iris, qui resta plantée sur le seuil un instant, sidérée.

9

En remontant dans le taxi, Iris avait la nausée. Le destin de Julia Herd était terrible. Elle avait vécu un calvaire, incomprise puis condamnée, rejetée par les siens, victime de la concupiscence d'un homme sans scrupule qui l'avait sans doute violée et engrossée. Elle se fit conduire devant les portes de la prison où Julia avait été incarcérée et demanda une audience avec le directeur en prétextant des recherches historiques. Visiblement peu occupé, il accepta de la recevoir. Il semblait tout émoustillé de converser avec cette belle jeune femme qu'il fit asseoir dans son bureau en lui offrant un café.

— Je me renseigne surtout sur Julia Herd, expliqua Iris.

— Pourquoi elle ?

— Ma thèse s'appuie sur des cas concrets. Et son histoire me bouleverse.

— Elle a tué un homme de sang-froid, tout de même, ce n'était pas une sainte, d'après ce que je connais de cette affaire ancienne.

— Elle était régulièrement violée par cet homme.

Le directeur de la prison se leva péniblement, approcha un escabeau d'une grande bibliothèque et fouilla sur une étagère élevée parmi des piles de dossiers poussiéreux. Eternuant et pestant, il mit un bon moment à trouver ce qu'il cherchait, mais il finit par sortir une chemise cornée aux angles.

— Voilà son dossier ! s'écria-t-il avec une expression de triomphe.

Il l'ouvrit et le feuilleta en silence.

— En effet, déclara-t-il enfin, Julia Herd a axé sa ligne de défense sur le fait que le fils Lindly, Gerald, abusait d'elle fréquemment. La famille Lindly a démenti. Il n'y avait aucune preuve de ces viols à répétition.

— Pourtant, elle était enceinte, probablement de Gerald Lindly.

— Les juges n'ont pas retenu cette grossesse comme circonstance atténuante, au contraire. Elle aurait dû agir en future mère, pas en meurtrière. Vous savez, la justice d'avant-guerre était expéditive et moins clémente qu'aujourd'hui. La jeune Julia a été condamnée à la peine capitale. Elle a été exécutée cinq mois après son procès. A l'époque, c'était le capitaine Bauer qui gérait la prison, un homme de fer.

— Vous l'avez connu ?

— Oui, quand je me suis engagé dans la Wehrmacht, mais pas très longtemps, car il a rejoint la SS à la fin des années 1920. C'était un homme rigide, intransigeant, voire glacial. Il avait toutes les qualités d'un bon militaire et il a vite pris du grade. Dans l'entre-deux-guerres, il a dirigé cette prison.

— Vous ne l'avez jamais revu ?

— Non. Il a travaillé dans des hôpitaux pendant la Seconde Guerre mondiale. Il est mort à l'armistice.

Iris hocha la tête ; ce Bauer était décidément partout.

— Y a-t-il encore un membre du personnel qui aurait pu connaître Julia Herd ?

Le directeur soupira en levant les bras :

— Pensez-vous, ils sont tous en retraite ou morts !

Iris s'apprêtait à prendre congé quand l'homme ajouta :

— Attendez, si ! Il y a Nora, une gardienne qui a débuté ici très jeune, l'année où Julia a été exécutée. Elle doit être de service aujourd'hui. Je vous accompagne !

Iris suivit le directeur dans les couloirs ; ils passèrent de lourdes grilles qu'un gardien ouvrait et refermait derrière eux dans un cliquetis de clés ; des voix, des cris s'échappaient des cellules, ajoutant à cet univers gris et sinistre une note lugubre qui mettait Iris mal à l'aise. Ils parvinrent dans une grande salle où des gardiennes s'affairaient ; l'une d'elles répondit au prénom de Nora, une femme âgée à la silhouette lourde mais énergique. Elle s'approcha des nouveaux venus ; le directeur lui présenta Iris en lui expliquant l'objet de sa présence. Elle accepta de lui parler.

Elles passèrent dans une petite salle voisine. Nora se laissa tomber sur une chaise.

— Je me souviens bien de cette pauvre fille. Julia Herd était très belle, elle était brisée, elle passait ses jours et ses nuits à pleurer. Bauer n'a rien voulu entendre, même quand elle évoquait le sort de son bébé. Elle aurait voulu qu'on ajourne son exécution pour qu'il puisse vivre. Mais il a été inflexible. La veille de son exécution, Bauer lui a rendu visite dans sa cellule. Je l'ai entendue le supplier de repousser la sentence. En vain. Elle hurlait de peur. Bauer lui a administré un calmant de force.

— Vous avez été témoin de son exécution ? demanda Iris.

Nora essuya une larme.

— Le lendemain, expliqua-t-elle, Bauer est parti seul avec la condamnée au petit matin du 3 février 1921. Julia était très calme, l'œil vague, comme étrangère à son sort. Elle est allée à la guillotine sans réagir, sans protester.

— Vous avez vu revenir le capitaine après l'exécution ? insista Iris.

— Il a rejoint son bureau par la porte de derrière. Il faisait toujours comme ça.

— La chambre d'exécution avait-elle d'autres issues ?

— Oui ; celle par laquelle on amène le condamné, une porte blindée qui donne sur le bureau du directeur, et celle qui permet de rejoindre la cour pour évacuer les cadavres vers la fosse commune.

Et si Julia avait échappé à son châtiment ? Une hypothèse naissait dans l'esprit d'Iris, une hypothèse tout à fait plausible. Bauer avait pu faire boire la ménoxiline à Julia la veille de son exécution pour l'apaiser et effacer ses souvenirs. Le lendemain, il avait parfaitement pu l'accompagner dans la salle d'exécution avant de la faire sortir par la porte de son bureau et l'emmener pour la confier aux Dorian. Sur le trajet, il avait croisé sa gouvernante, qui avait cru que Julia était sa maîtresse.

Ensuite, Julia avait pu être conduite à Grasse, enceinte et amnésique. Tout concordait. Restaient à déterminer les raisons de cet enlèvement. Iris avait là encore sa petite idée. « Notre mère était Julia Herd ! » avait lancé Hippolyte à madame Dorian lors de leurs retrouvailles à Nialvic.

Iris, sonnée, remercia chaleureusement Nora ; la vieille gardienne s'éloignait quand la jeune femme la rappela :

— Nora, vous pouvez sans doute me renseigner sur autre chose. L'année où Julia a été exécutée, n'auriez-vous pas remarqué un comportement anormal chez certains autres condamnés ?

— Que voulez-vous dire ? Beaucoup étaient fous ou pas très équilibrés. Ce n'étaient pas des assassins pour rien.

— Je parle de détenus dont la conduite ou le caractère vous aurait semblé différent juste avant leur exécution.

— Mademoiselle, la perspective de mourir le lendemain a rendu leurs derniers moments bien difficiles aux condamnés. J'en ai entendu passer des nuits à implorer, à gémir, à appeler leur mère, à invoquer Dieu. J'ai même eu pitié d'affreux meurtriers. On n'imagine pas la terreur que provoque l'idée de la mort à venir.

— Je comprends, mais justement, je cherche des exemples de détenus qui auraient été anormalement calmes ou… inconscients de ce qui allait leur arriver.

Nora réfléchit en fermant les yeux pour mieux convoquer ses souvenirs.

— Oui, peut-être, maintenant que vous me demandez. Peut-être.

— Des hommes et des femmes qui seraient partis à l'échafaud comme s'ils ne comprenaient rien à leur situation ?

— Oui ! En 1921, quelques jours avant que Julia soit exécutée, je me rappelle un prisonnier du nom de Dany Hurt, une brute épaisse. Il avait tué sa femme un soir d'ivresse, à coups de poing. Je l'ai entendu hurler pendant trois jours et trois nuits. Des insanités. Une bête furieuse. Le capitaine Bauer a demandé qu'on lui ouvre la cellule. Il voulait parler au condamné. Il était courageux, y a pas à dire. Il en imposait. J'ignore ce que lui a dit Bauer, mais les cris ont cessé. Au petit matin, Dany Hurt est allé à la guillotine avec docilité, sans une parole, une sorte de douceur et d'innocence sur le visage. On ne le reconnaissait pas.

— Bauer lui avait-il fait boire quelque chose ?

Nora plissa les paupières, surprise.

— Non. Enfin, je ne sais pas. J'étais loin de la cellule, je n'ai pas regardé ce qu'il s'y passait, mais je ne crois pas. En revanche, maintenant que vous le dites, Bauer m'a demandé de porter à boire à un autre condamné, un verre d'eau qu'il m'a apporté. C'était un très jeune homme, d'apparence douce et calme. Une nuit, il s'était levé et avait tué son père pendant son sommeil. Cette brute le battait depuis sa plus tendre enfance. Son corps était une plaie, mais la justice ne lui a pas trouvé de circonstances atténuantes. Je me souviens qu'il pleurait, ce jeune, des nuits et des nuits. J'aurais voulu le serrer dans mes bras. Il me faisait une peine infinie.

— Vous lui avez fait boire le verre d'eau servi par Bauer ?

— Oui, et nous avons parlé un peu dans sa cellule sous l'œil du gardien. Puis je l'ai vu qui s'endormait devant moi, en souriant curieusement. Au matin, quand on l'a réveillé pour le mener à l'échafaud, il souriait toujours et n'a pas prononcé une parole. Il avait le regard vitreux, l'œil exorbité, les pupilles immenses. Je me suis dit que Dieu lui faisait peut-être un cadeau.

— Le cadeau de l'oubli ? glissa Iris.

— Oui. Il avait tout oublié, jusqu'à son nom, jusqu'à son crime, jusqu'à son exécution.

— Bauer l'avait drogué. Il y avait un produit anesthésiant dans le verre d'eau que vous avez fait boire au condamné, la veille. J'en suis quasiment certaine.

— Bauer aurait voulu rendre la mort plus douce à ce jeune garçon ? Ça m'étonne, c'était un homme sans cœur. Un roc inébranlable, imperturbable, qui obéissait avec une fidélité fanatique. Vous savez que Bauer était un nazi fervent ?

— Oui, Nora. Je ne le sais que trop. Non, il ne cherchait pas à l'aider. Il voulait tester une substance qui faisait perdre la mémoire pour s'en servir par la suite. Vous savez quelle était sa fonction pendant la guerre ?

— Oui, cela a été évoqué au cours du procès de Nuremberg, auquel je me suis fait un devoir d'assister. J'ai appris que Bauer avait tenté de créer des enfants racialement parfaits pour peupler un grand Reich purement aryen. Une folie !

— Bauer utilisait l'anesthésiant dont je vous parlais pour droguer les femmes qui devaient accoucher des bébés des SS dans ses établissements.

— Mon Dieu… Je savais qu'il était capable du pire, mais à ce point…

— Quand l'avez-vous vu pour la dernière fois ?

— Il a quitté la prison après l'arrivée d'Hitler au pouvoir. Son implication dans le parti lui a valu des responsabilités plus grandes. Je ne l'ai revu qu'une fois, en 1942.

— Il est revenu à la prison ?

— Oui. Il est reparti avec quarante condamnés. Il avait déjà écumé toutes les prisons d'Allemagne. Il devait trouver des kapos pour les camps de concentration et d'extermination qui se mettaient en place en Pologne. Il a choisi les pires vermines. Pourvu qu'ils soient allemands et cruels.

Nora soupira et baissa les yeux.

— J'ai tellement honte d'être issue de cette nation criminelle. Nous aurions dû les empêcher de rester au pouvoir, nous aurions pu, nous tous, chaque Allemand, chaque Allemande, nous soulever pour les écraser.

— Oui, vous auriez dû. Adieu, Nora.

Elle avait lâché ces mots en songeant à ceux qu'Hippolyte lui avait souvent répétés, quand ils discutaient tous deux de la dictature nazie et de la Seconde Guerre mondiale. Les Allemands s'étaient laissé berner par Hitler, enlisés dans la crise économique et dans l'humiliation du traité de Versailles. Ils avaient porté un barbare au pouvoir.

10

Aude Bauer, la fille de Médare Dorian, habitait une demeure sur les coteaux de Hambourg, au milieu d'un immense parc qui s'étendait sur plusieurs hectares. Ceinte d'un haut mur, elle paraissait défendue comme un fort médiéval. Les volets étaient fermés et Iris avait l'impression d'approcher d'une maison fantôme, ce qui la mit mal à l'aise. Elle sonna et le bruit de la cloche brisa le silence. Elle regarda autour d'elle : les nuages étaient bas, des lambeaux de brume flottaient sur l'herbe tels des spectres immobiles. Il n'y avait pas âme qui vive. Elle frémit. Elle aperçut, derrière la maison, des bâtiments en ciment, aux murs fissurés, à la toiture enfoncée. Sans doute les anciens ateliers Dorian, songea-t-elle.

La porte s'ouvrit sur une petite femme potelée, en uniforme rose, à n'en pas douter une infirmière au service d'Aude.

— C'est pourquoi ? demanda-t-elle sèchement.

— Je voudrais parler à madame Dorian, dit Iris en allemand.

La femme esquissa un sourire surpris.

— Ma maîtresse ne reçoit pas. Je suis la seule depuis vingt ans à qui elle a parlé.

— Dites-lui que je suis la fille d'Hippolyte Dorian.

La domestique haussa les épaules et repoussa la porte en déclarant :

— Aucune visite.

Iris glissa sa bottine dans l'entrebâillement avant que la porte ne claque et força le passage. Son geste fut si vif et brutal que l'autre se retrouva sur les fesses, estomaquée et l'air stupide. Iris fila dans le couloir entre des tableaux masqués par des draps noirs et des meubles recouverts de housses poussiéreuses. Tout respirait l'abandon, l'ennui, l'oubli. Suivie par la domestique qui avait repris ses esprits et qui trottait derrière elle en haletant, Iris s'engagea dans l'escalier du vestibule et poussa la porte de la seule pièce éclairée de l'étage. Aude Dorian, dans un fauteuil pour handicapé, les yeux rivés sur les volets fermés, lui tournait le dos, contemplant le vide et le rien.

— Je dois vous parler ! déclara Iris. Je suis la fille d'Hippolyte…

La femme ne frémit pas, comme si elle avait été une statue. Iris s'avança et se plaça devant elle. Le visage d'Aude était décharné et livide, à l'image de sa demeure froide et sans vie. Pourtant, elle leva lentement les yeux sur Iris et fit un geste de la main quand l'infirmière se précipita pour chasser l'intruse.

— Laisse-la, dit-elle d'une voix d'outre-tombe. Je vais faire une entorse à mon vœu de silence et parler à cette jeune femme. C'est ainsi. Sors d'ici !

La domestique lui jeta un regard vexé avant de s'exécuter.

Iris était interdite, dressée devant cette ombre à demi morte. Elle sentait son regard qui l'examinait, la détaillait, la jaugeait.

— Mon père Hippolyte est mort, madame, déclara Iris en frissonnant dans la pièce à moitié vide où flottait une odeur d'éther.

— Chaque nouvelle des miens que je reçois est l'annonce d'une mort, lâcha Aude d'une voix grave. Encore une.

— Il a été assassiné, madame.

Aude tressaillit.

— Il continue, il continue ! s'écria-t-elle. Ce salaud continue ! Il a anéanti notre lignée, détruit notre âme. C'est un monstre !

Elle se mit à se balancer doucement d'avant en arrière.

— De qui parlez-vous ? demanda Iris.

— Ne me posez pas de questions. Que voulez-vous ?

— Reconstituer l'histoire de mon père Hippolyte, l'histoire des Dorian.

— Cette histoire ne vous concerne pas.

— Si, cette histoire me concerne, dit Iris avec un calme et une douceur qui la surprirent. Hippolyte était mon père, il m'a élevée. J'ai de droit de savoir qui il était. Que vous le vouliez ou pas, votre famille est aussi la mienne.

Aude lui opposa un regard furieux mais ne répliqua pas.

— Hippolyte est venu vous voir en décembre 1945, juste avant que vous… juste avant votre accident, reprit Iris sur un ton insistant.

— Taisez-vous ! s'écria Aude.

Elle tremblait, éructait ; des larmes de colère apparurent dans ses yeux et sa bouche se tordit dans un rictus de rage.

— En mai 1945, j'ai reçu une nouvelle qui m'a remplie d'espoir, articula-t-elle. On m'annonçait la mort de mon mari, le colonel Bauer. J'allais pouvoir enfin respirer. J'étais libérée. Quelques mois plus tard, Hippolyte m'a rendu visite. Il voulait me mettre au courant.

— De quoi, madame, de quoi ?

— Que Bauer était en vie. En France. Alors, j'ai voulu mourir. Mais la mort n'a pas voulu de moi.

Iris sentit ses jambes se dérober sous elle.

— Bauer est vivant ? s'enquit-elle, abasourdie.

— Il a la résistance et la fourberie des vipères.

— Pourquoi Hippolyte est-il venu vous prévenir ?

— Pour que je le signale aux autorités d'occupation. Pour qu'il soit recherché et jugé.

— Vous ne l'avez pas fait ?

— Non. Cet homme m'a toujours terrorisée.

— Mais... c'était votre mari...

Aude éclata d'un rire dément.

— Mon mari ? C'était un monstre, plutôt. Bauer était le fils unique d'une vieille famille prussienne, familière de la cour de Guillaume II au début du siècle. Elle avait été influente mais son aura avait décliné en même temps que sa fortune. Bauer avait reçu une éducation extrêmement rigide dans ce milieu en ruine, ce qui en fit un adulte méfiant, impénétrable et brutal. Tout ce que je découvris plus tard. Trop tard. Car j'ai fini par constater qu'il n'avait jamais noué de relations amicales avec quiconque. J'ai fini par comprendre qu'il était incapable d'aimer, que ce mot ne signifiait rien pour lui. Comme il était très intelligent, il parvenait à donner le change, car il ne manquait pas de charme ; il était cultivé, mélomane, aimable quand il le voulait, et pouvait même se montrer brillant.

La vieille femme fit une pause. Elle saisit un linge humide et le passa sur son front. Elle était fébrile, éprouvée par tant de souvenirs et de paroles après des années de silence et de tentative d'oubli. Puis Aude expliqua posément à Iris le parcours de son époux : par tradition plus que par goût, le jeune homme intégra l'Académie militaire de Prusse, mais il s'y plut. Il y avait trouvé une discipline, une structure, un cadre, une forme d'exaltation dans le combat. Cependant la ruine menaçait sa famille, et la parade qui fut trouvée consista à marier l'officier fraîchement émoulu à une demoiselle fortunée sans pedigree, en quelque sorte à vendre un nom encore prestigieux. Ses parents arrangèrent l'union de leur fils avec la fille d'un riche industriel qui avait fait fortune dans le parfum, Aude Elzeon, qui avait cependant deux défauts : elle était juive et d'origine française. Ce fut grâce au père de Bauer que Médare parvint à changer dans les registres de l'état civil le nom d'Elzeon en celui de Dorian.

— Mon père, Médare, ne m'a pas demandé mon avis, précisa Aude. Il était tellement fier de ce mariage qui le propulsait parmi la haute société prussienne ! Et avec son nouveau nom de Dorian, il avait l'impression d'avoir été anobli. Il n'a pas prêté attention à mes larmes. Il n'a pas vu que j'étais déçue de ne lui servir qu'à ça… J'aurais aimé œuvrer pour l'entreprise, rester avec mes deux frères. Au lieu de cela, je me suis trouvée mariée avec un homme qui n'en avait pas plus envie que moi. Nous contentions nos parents, voilà tout. Médare s'introduisait dans le grand monde et ma belle-famille retrouvait les moyens de tenir son rang. Car mon père a été généreux, très généreux.

— Qu'a-t-il apporté aux Bauer, exactement ?

— Une fortune et deux demeures. Mon mari et moi avons conservé celle où nous nous trouvons aujourd'hui. Médare nous l'a cédée lors de son départ pour Grasse. Et en échange mon père a gagné une position sociale enviable, du moins le pensait-il, et un nom, celui de Dorian. Il pensait depuis longtemps que celui d'Elzeon serait un obstacle au rayonnement de sa marque. Il a voulu européaniser notre patronyme, et définitivement, pour attirer ou conserver une clientèle qui aurait pu être réticente, ou le devenir.

— Il avait sans doute déjà perçu la montée de l'antisémitisme dans le pays ?

— Peut-être. Pourtant, avant la guerre, les juifs étaient encore bien acceptés en Prusse, mieux qu'en Pologne ou en Russie, en tout cas. Je crois que mon père souhaitait donner un beau nom à notre entreprise, comme une nouvelle peau, une seconde vie. Les parfums Elzeon étaient pourtant réputés, surtout en France, depuis des années. Mais il voulait franchir un cap et il avait le sentiment que la marque Elzeon serait un obstacle à la dimension internationale qu'il désirait donner à ses parfums. L'opération fut menée par le père de Bauer dans la plus grande discrétion et mon fiancé ne m'a jamais connue que sous le nom d'Aude Dorian.

— Il ignorait vos origines ?

— Ses parents ne lui ont rien révélé. Moi non plus. Peu importait. Nous avons obéi à nos familles, comme cela se faisait à l'époque dans nos milieux. Peu après notre mariage, la guerre a éclaté. Il a combattu sur le front de la Somme, puis il a participé à la boucherie de Verdun. La défaite l'a anéanti. Il n'a jamais accepté le traité de Versailles, « le diktat de Versailles », comme il disait. Il était humilié pour son peuple, pour sa patrie. Pour ses hommes.

Après la guerre, quand l'armée allemande a été réduite à sa plus simple expression, on lui a confié un poste de directeur de la prison de Hambourg. Malgré son amertume, il a accompli sa mission consciencieusement. Cependant, dès le milieu des années 1920, il s'est trouvé une nouvelle cause, une passion dévorante : servir et œuvrer pour le parti national-socialiste.

— Il a intégré le parti nazi.

— De façon immodérée, convaincue, et totale, dès sa prise en main par Hitler, en 1924. Lui, cet homme seul et ayant grandi sans amour, se trouvait une raison de vivre. Il découvrait un programme qui répondait à sa volonté de domination, de revanche sur la France, son souhait d'une armée disciplinée et épurée, d'une nation à sa juste place, au-dessus des autres. Ses frustrations, ses échecs, son aigreur avaient leur exutoire : l'accession du parti nazi au pouvoir. Il croyait en Hitler. Il croyait ce que disait Hitler. Il est devenu un monstre lui-même. Un monstre. Il a adopté avec enthousiasme l'idéologie nazie. Il est devenu distant avec moi. Il n'avait jamais été tendre, mais, après 1930, il m'a carrément répudiée. Il avait découvert mes origines juives je ne sais trop comment, sans doute en épluchant les registres d'état civil de Hambourg. Il n'a pas voulu divorcer de peur d'attirer l'attention de l'administration, mais il a vérifié que son père avait bien gommé toute référence à la judéité des Dorian. Hors de question que le parti nazi apprenne qu'un de ses cadres était marié à une juive. Dès lors, je devins sa pire ennemie, sa honte, son talon d'Achille. Il m'humiliait, me traînait dans la boue dès qu'il le pouvait. Je ne sortais plus. Je ne recevais plus. Je suis allée à deux reprises à Grasse voir mon père Médare et mon frère Nathanaël, mais il m'a ensuite interdit ces visites à « la juiverie », selon ses termes, « française » de surcroît. Mon frère et mon père sont venus à Hambourg une ou deux fois avant la guerre, puis plus du tout après qu'elle a éclaté. Pourtant, Médare est passé en coup de vent, en 1945. Je n'ai pas bien compris pourquoi.

— Vous vous rappelez le mois ?

— Non. En plein hiver, c'est sûr.

— Vous ne saviez rien des activités de Bauer ?

— Ce qu'il voulait m'en dire, les rares fois où il m'adressait la parole. Je croyais qu'il dirigeait un établissement hospitalier. Je n'ai appris ce qu'il se tramait vraiment dans cette maternité qu'à la fin de la guerre. Une fabrique d'enfants parfaits, de purs Aryens. Cette révélation a été un coup terrible, un de plus. Si vous saviez comme je l'ai haï... Je crois qu'il était devenu fou. Mais il était mort, tout du moins c'était la version officielle. J'étais soulagée, j'ai cru que je pourrais revivre. J'ai envisagé presque aussitôt de rejoindre les miens, à Grasse. Mais, quelques mois plus tard, Hippolyte est venu me révéler que mon mari vivait encore. J'ai voulu me suicider. Et me voilà enfermée dans cette demeure. Seule. Handicapée.

— Saviez-vous qu'un enfant accompagnait Hippolyte ce jour-là ?

— C'est ma bonne qui me l'a dit. La fillette est restée en bas pendant notre entretien. Je ne l'ai pas vue.

— C'était moi, cette fillette, déclara Iris, qui marqua une pause avant de poursuivre : Hippolyte a-t-il évoqué mon existence ?

— Non, il ne m'a pas parlé de vous. Il voulait simplement me dire que mon mari vivait encore et que je devais le dénoncer.

— Vous auriez dû le faire, madame. Vous en aviez encore la possibilité.

— Je me suis tue jusqu'à maintenant. Je me tairai jusqu'à ma mort.

— Savez-vous au moins où il se terre ? Il est sans doute encore en vie.

— Laissez-moi, je vous prie.

— Qu'est-ce qu'Hippolyte vous a dit exactement ?

— Sortez ! Sortez d'ici !

Alertée par les cris, l'infirmière apparut dans la chambre et Iris se retira sans un mot. Elle entendait encore les hurlements de la vieille femme quand elle retrouva l'extérieur.

11

Iris rentra à Aix-en-Provence le cœur lourd. Elle était mal à l'aise. Ce qu'elle venait de mettre au jour lui laissait entrevoir une vérité dérangeante sur la famille d'Hippolyte et, surtout, sur ses liens avec Bauer. Ce nom lui martelait la tête, l'obsédait. Elle n'avait de l'individu qu'une connaissance abstraite qui se limitait à ce que son enquête lui avait appris, mais les témoignages qu'elle avait recueillis avaient peu à peu dessiné un monstre, dans une époque qui justement permettait aux monstres de se révéler. Elle était désormais certaine que Bauer avait participé à l'expérimentation de la ménoxiline et qu'il avait enlevé Julia Herd. La cupidité, l'orgueil familial et l'ambition avaient poussé Médare à collaborer avec lui, ce qui revenait à pactiser avec pire que le diable.

Quand le train approcha de la ville, ses angoisses s'atténuèrent. Elle revenait chez elle, à ses affaires et à un travail qui lui permettrait d'oublier pour un temps cette sordide affaire. Elle sortit de la gare d'un pas guilleret. Il faisait bon. Les parfums de la Provence lui sautèrent au visage, semblaient lui crier « Bienvenue chez toi », et une sorte de bien-être l'envahit. Elle remonta le boulevard à pied et parvint à la boutique. Elle y trouva sa chère Sarah, élégante et pimpante, occupée à servir deux clientes. Elle lui sourit, se rendant compte à quel point la jeune femme lui avait manqué pendant son voyage.

A la caisse, Janine lui fit un signe discret avant de glisser :

— Monsieur Grandjean est venu à deux reprises. Il faut que tu te rendes à l'institut au plus vite, il a une offre à te faire.

— Surtout ne te laisse pas manipuler, intervint Sarah en déposant un baiser sur la joue de son amie. Il va chercher à t'embaucher dans la maison mère, chez Givaldie, en Suisse, j'en suis certaine. Il fait le coup à ses meilleurs étudiants. L'institut lui sert surtout à ça : former et garder les meilleurs nez. Mais toi, Louise, tu peux et tu dois t'accomplir seule, entends-tu ?

Iris la regarda avec tendresse. Sarah était ambitieuse à sa place, avec une confiance et une énergie contagieuses.

— Tu n'es pas à vendre, Louise, tu comprends ça ? ajouta-t-elle avec enthousiasme. Ton succès passe par ton indépendance, les premiers résultats sont d'ailleurs plus qu'encourageants. Tu as de l'or entre les mains, ou plutôt dans le nez, et tu dois le garder.

— Tu as reçu par courrier trois autres propositions, reprit Janine doucement. Les parfumeries Jaure, les établissements Corps et Soins, et la maison Fiori. Je parie que les salaires sont alléchants.

— Ils ont peur, oui ! s'écria Sarah. Peur de voir arriver une concurrente, et pas n'importe laquelle ! Peur parce que tu es une femme. C'est ça, ta force, tu es une femme et tu vas devenir un exemple pour toutes les autres. Tu dois rester indépendante !

Iris les rassura :

— Jamais je ne me mettrai au service d'un autre. J'ai un nom maintenant.

Sarah hocha la tête, soulagée. Elle revint à ses clientes qu'elle entreprit avec une mine gourmande, en bonne commerçante qu'elle était. Iris et Janine échangèrent un sourire complice.

— Au fait, reprit Janine, je me suis renseignée sur les offres de bâtiments libres pour y installer l'unité de chimie, comme tu me l'as demandé. Il n'y a pas grand-chose de disponible. Mais j'ai trouvé des locaux intéressants dans les faubourgs d'Aubagne. Le prix est correct, les bâtiments sont quasi neufs. Bien sûr, il resterait à acheter le matériel.

— Et à trouver un chimiste diplômé et des assistants, soupira Iris. J'en ai bien conscience. De toute façon, je veux aussi déménager le laboratoire. Mon atelier est trop petit maintenant. Nous nous marchons dessus avec Annie. Elle est ici, à propos ?

— Elle a travaillé d'arrache-pied. Tard le soir. Tôt le matin. J'ai dû lui confier les clés. C'est une fille extraordinaire. Nous avons connu plusieurs ruptures et elle a assuré. Tu peux la remercier.

Iris quitta Janine et entra dans le labo. Annie était de dos, assise devant une rangée de flacons.

— Bonjour, chère Annie ! s'exclama Iris avec une joie sincère.

— Oh ! Vous voilà de retour ! dit Annie en se levant. En avez-vous profité pour vous reposer un peu ?

— Moi, oui, mais pas vous, paraît-il. Je ne voudrais pas que vous vous tuiez à la tâche.

— Aucune importance, j'apprends le métier et j'aime ça. Je suis même allée jusqu'à dormir dans le labo une nuit.

— Vous êtes ma bonne étoile, chère Annie. Prenez une semaine de congé, je suis là désormais.

Annie parut surprise, presque dépitée :

— Une semaine, mais vous vous débrouillerez ?

— Il faut que je sois seule. Je veux créer. Mais je vous abandonne encore cet après-midi, car monsieur Grandjean a cherché à me voir. Je vais à l'institut.

— Saluez-le de ma part, ainsi que monsieur Henri, si vous le voyez.

Iris monta dans son appartement, prit un bain, se parfuma, se coiffa. Elle mit son tailleur Chanel rouge, un peu de fard à paupières, et chaussa une paire d'escarpins plats. Elle avait oublié, pour un temps, les machinations de Bauer et de Médare Dorian.

12

Monsieur Grandjean reçut Iris avec une mine réjouie. Il se leva, contourna son bureau et vint lui serrer la main avec respect.

— Je voulais vous féliciter, chère Louise. Tout Paris parle de votre réussite. Je suis heureux que vous ayez percé aussi vite et seule ! C'est bon pour l'image de notre institut !

— Je ne manque jamais de préciser que c'est ici que j'ai appris mon métier !

— Je sais que vous n'êtes pas ingrate. Vous êtes une fille douée et intelligente, je l'ai su dès notre première rencontre, ici même, lors de votre entretien de recrutement.

— J'ai eu si peur d'échouer…

— J'ai perçu votre capacité à innover, à créer, je ne me suis pas trompé.

— Vous êtes venu au magasin ?

— Oui. J'étais curieux de découvrir vos créations. C'est bien, original et féminin sans être trop fort ou trop typé. Vos flacons sont simples et élégants. Mais vous devez aller plus loin, lancer une nouvelle gamme et créer des parfums peut-être plus variés. Les vôtres ont tous une touche similaire, ce qui donne une personnalité mais risque de lasser.

— Je m'en doute, monsieur, et je vous remercie de votre franchise. J'ai plusieurs projets en cours, dont l'achat de nouveaux bâtiments, pour le conditionnement et pour avoir mon propre laboratoire de chimie.

Grandjean posa sur Iris un regard à la fois intrigué et épaté. Il lança :

— Vous allez vous ruiner en emprunt, c'est périlleux ! Ne serait-il pas plus prudent de travailler pour une grande marque déjà implantée, aux reins solides ?

— Comme la parfumerie Givaldie ? N'est-ce pas ?

Le directeur eut une grimace qui trahissait sa déception. Il avoua dans un souffle :

— Je n'aurais pas dû vous laisser filer. Vous êtes une grande perte pour la maison Givaldie. J'aurais dû vous faire signer chez nous avant la fin de votre formation. Je ne pensais pas que vous auriez les fonds pour créer votre propre entreprise.

— J'ai de l'argent de famille, précisa Iris, en toute sincérité.

— Et si je vous offrais un excellent salaire et une villa de fonction en Suisse, non loin de chez Givaldie, sur les bords du lac Léman ?

— Non, monsieur. Mais je vous resterai reconnaissante à jamais. Ainsi qu'à monsieur Henri, qui m'a tout appris.

— Vous avez été l'une de nos meilleures élèves, Louise, et je vous souhaite toute la réussite du monde.

Elle lui serra la main. Au moment où elle allait sortir, il lui demanda :

— Vous avez un chimiste pour vos ateliers ?

— Pas encore.

— J'ai ici un de mes neveux, Antoine Givaldie. Il est diplômé de chimie et parfait sa formation en apprenant le métier de nez... C'est sa mère qui insiste, et qui paye. Mais Antoine est un bon chimiste, pas un bon nez. Je crois que vous pourriez vous entendre.

— Vous me l'envoyez à la boutique ce soir ?

— Allez l'attendre sur un banc du square, je le préviens. Il est en cours.

Iris flâna un peu dans les couloirs de l'institut. Elle n'y avait que des bons souvenirs et les senteurs qui flottaient la grisaient un peu. Elle avait réussi. Elle touchait au succès. Elle avait conscience qu'elle devait garder les pieds sur terre et, surtout, continuer à créer. Elle avait déjà parcouru une bonne partie du chemin, quasiment seule, et elle en était fière. Elle avait maintenant l'intuition qu'elle devait s'éloigner des carnets d'Hippolyte pour devenir son propre chef, et développer sa propre inspiration.

Elle s'installa sur un banc du square dans le pépiement des oiseaux. Elle se sentait bien et laissa ses idées dériver.

— Bonjour, mademoiselle.

Iris sursauta. Un jeune homme en blouse blanche, les cheveux ébouriffés, se dressait devant elle. Il avait un regard sombre et très doux. Il souriait, un peu intimidé. Son visage était rond, presque juvénile, avec une bouche très marquée, aux lèvres charnues. Il ne manquait pas de charme, dégageait une impression de calme et de franchise. Il inspirait la confiance. Iris sut aussitôt qu'il conviendrait au poste.

— Je suis Antoine, le neveu de monsieur Grandjean. Je crois que vous cherchez un chimiste.

— Oui. Enchantée, je suis Louise Leclerc, dit-elle en lui serrant la main.

— Je sais qui vous êtes, avoua-t-il en rougissant légèrement. Je suis venu à la boutique avec ma petite amie, un jour. Je vous ai vue derrière le comptoir. Elle aime beaucoup vos créations. A vrai dire, elle a délaissé toutes les autres marques.

— Je veux élargir ma gamme et souhaite développer les parfums de synthèse. Je vais acquérir des bâtiments où je localiserai mes ateliers de fabrication et de conditionnement.

— C'est dans mes cordes. Si j'ai le matériel.

— Vous l'aurez.

Antoine poussa un grand soupir.

— Merci ! dit-il.

Il resplendissait. Iris lui demanda de passer le lendemain au magasin pour signer son contrat d'embauche. Il précisa qu'il aurait besoin d'un apprenti. Il connaissait quelqu'un qui ferait l'affaire.

Quand Iris revint à la boutique, Sarah la pressa de questions. Iris lui raconta son entretien avec monsieur Grandjean, sa proposition, ses conseils.

— Comment ça ? s'étonna Sarah. Il t'a dit que tes parfums étaient bien ? Seulement bien ?

— Oui, originaux et féminins, a-t-il précisé.

— Quel hypocrite ! Tu aurais vu sa tête quand il les a humés ! Il semblait stupéfait, et un peu agacé aussi. Je ne pense pas qu'il t'ait confié ce qu'il pensait vraiment de tes compositions !

— Il faut toujours que tu en rajoutes et que tu te méfies !

— C'est toi qui es naïve, Louise ! Je suis sûre qu'il a proposé de t'embaucher dans la maison Givaldie ?

— Oui.

— Eh bien, tu vois ! Il est conquis par tes créations mais il n'a pas voulu te le dire. Il a minimisé ton talent pour mieux te séduire !

— Ne t'en fais pas, je ne suis pas prête à me vendre.

13

Iris mettait de l'ordre dans son laboratoire, derrière la boutique. Bientôt, elle s'installerait dans le nouvel atelier de fabrication, à Aubagne. Il lui fallait trier les dossiers, les papiers, les livres pour savoir ce qu'elle garderait ici, à la boutique, chez elle, et ce qui partirait dans l'autre unité de production. Elle s'affairait depuis presque deux heures, écoutant distraitement les clochettes tinter quand les clientes entraient dans le magasin. Puis les voix. Feutrées. Le bruit de la caisse enregistreuse.

Elle se sentait bien, là, entre ses murs, dans la réussite, entourée d'amies fiables. Elle mit la main sur les carnets de son père, qui demeuraient le plus souvent dans son bureau, ici, ou dans sa chambre, au-dessus. Elle les prit et elle fut émue, comme à chaque fois. Elle caressa les couvertures, embrassant même une page, au hasard, comme pour retrouver l'odeur et la douceur de son père adoré. Ce fut alors qu'une feuille glissa hors de la doublure d'un carnet d'Hippolyte. Iris posa tout, se baissa pour ramasser le papier, qui était plié en quatre. Elle le déplia, le cœur battant, curieuse et anxieuse de ce qu'elle allait découvrir.

Hippolyte, mon amour, mon cœur, mon âme, ma raison de vivre, j'ai du mal à trouver mes mots. Ma vie est heureuse depuis que je t'ai rencontré, depuis que je travaille à ton côté. Tu fus une révélation, ma révélation. Dès le premier jour.

Sans toi, je n'existe pas. Hors de ta vue, je dépéris, ta présence me régénère. Je ne sais pas si tu en as conscience, car je te sens parfois distant, comme si tu étais réticent à accepter notre relation, alors que je ferais tout pour toi, que tu es tout pour moi.

Je voudrais que nous partions pour ne plus avoir à nous cacher. J'ai envie de te tenir la main dans la rue, de t'embrasser sous un porche, comme les amants des chansons. Tu prétends m'aimer ? Prouve-le. Partons. Allons-nous-en d'ici, loin de cette famille qui te brise, qui t'étouffe, qui t'exploite. Tu ne pourras jamais devenir toi-même à Grasse. On va vouloir faire de toi ce que tu n'es pas : un Dorian. Et chez les Dorian, je ne peux pas exister, tu le sais.

Tu as du génie. Moi-même, si je ne t'arrive pas à la cheville, je suis un bon nez. Rien ne nous retient. Nous pouvons commencer notre vie autre part, une vie libre sans le poids des regards, sans la pression des tiens que tu ne parviens pas à évacuer. Tu ne leur dois rien, ils feront tout pour t'enchaîner à Grasse, ne doute pas de leur perversité. Crois-moi, tu n'auras de salut que dans la fuite.

Prends une décision, vite. Nous ne pourrons nous cacher éternellement. Et je ne veux plus t'aimer à la sauvette. Partons ! Ailleurs nous attend.

Un jour, bientôt, Médare voudra te marier. Et tu lui obéiras, car tu as toujours obéi à ton père. Que feras-tu ? Tu ne sauras pas faire semblant avec une femme. Tu le sais. Tu me l'as assez dit.

A Grasse, ton destin est tout tracé, pour ton malheur. Un destin de mensonges dans lequel je n'ai pas ma place. Il te faut choisir : le confort de la réclusion ou l'aventure de la liberté avec moi.

J'ai respiré le parfum que tu as créé et que tu as appelé « Evasion », comme si tu parlais de nous deux. Il te ressemble : le jasmin pour la fragilité, la violette pour la couleur de tes yeux, du musc cétone pour l'odeur de ta peau, la coumarine. Il est divin.

Philippon

Iris jeta la lettre à terre comme si le papier la brûlait. Elle se laissa tomber dans un fauteuil, les jambes coupées. Son père avait vécu une histoire d'amour avec un homme. Un abîme s'ouvrait devant elle. Le sol tanguait, il allait l'engloutir.

Pourtant, avec cette révélation, un flot de souvenirs lui revenait en mémoire, comme autant de voiles qui tombaient et laissaient apparaître la vérité. Hippolyte seul. Sans femme. Sans fréquentation féminine. Eternel veuf. Veuf de qui ? De quelle femme ? Il ne parlait jamais de sa prétendue épouse, morte en couches. Il avait élevé Iris sans chercher à nouer de nouvelles relations. Et ces détails, auxquels elle n'avait accordé aucune attention mais qui prenaient à présent tout leur sens : le silence de son père sur son passé, les regards troubles qu'il posait sur les marins au port, certains gestes, des soupirs.

Iris se précipita aux toilettes pour vomir. Cet homme qu'elle avait appelé papa, cet homme qu'elle avait aimé doublement, car il avait su être sa mère et son père, cet homme n'était pas son père. C'était probable. C'était même quasiment certain.

Iris ouvrit les carnets d'Hippolyte. Elle les feuilleta jusqu'à ce qu'elle tombe sur la formule d'Evasion. Elle caressa la page, suivit du doigt les mots que son père avait tracés, comme pour y trouver encore un peu de sa présence. Elle pleurait. Les larmes de tous ces mots qu'il ne lui avait pas dits, de tout ce passé dont il avait fait table rase. Elle avait vécu à côté d'un étranger. Elle avait une impression de terrible gâchis.

Elle établit la liste des huiles essentielles et des produits de synthèse dont elle aurait besoin pour composer Evasion. Elle avait tous ces composants sous la main, ainsi que de l'alcool non dénaturé, mais elle ignorait les dosages. Elle commença à élaborer la base pure du parfum en mélangeant les huiles essentielles en petites quantités. La note de tête, quelques gouttes de verveine et de citron, puis les notes de cœur, du jasmin et du romarin, pour finir sur les notes de fond, vanille et ylang-ylang. Hippolyte avait choisi d'ajouter quelques gouttes de fraise synthétique. Iris huma, corrigea, huma encore, renforça la note de tête, allégea celle de fond et essaya le parfum en déposant une goutte au creux de son poignet pour voir comment il s'épanouissait sur la peau. Le résultat était surprenant. Déjà, les notes de cœur cédaient la place à celles de fond. Il faudrait encore quatre ou cinq semaines pour que les fragrances s'accordent et se modifient. Iris garda trois jus qu'elle mit à mûrir dans son armoire, loin de la lumière et de la chaleur.

Puis elle sortit ; elle avait besoin de marcher.

14

Il était tard. Iris venait de fermer boutique. Pourtant, une lumière rouge et chatoyante pénétrait encore par les deux vitrines. Il faisait doux en ce début d'octobre 1967 et le soleil ne baissait pas d'intensité. Les feuilles prenaient des couleurs fauves aux arbres des parcs et des allées. Iris avait créé une eau de toilette aux senteurs suaves et fraîches nommée « Automne ». Elle y avait intégré des composants synthétiques produits dans son atelier d'Aubagne par Antoine et son apprenti.

On frappa à la porte, dont le store était baissé. Iris tressaillit et glissa un regard par un interstice du rideau. Son cœur s'emballa. Armand Dorian se tenait sur le perron. Elle déverrouilla la porte d'un geste mal assuré. Il entra, souriant, lumineux. Il portait un costume blanc sur une chemise bleu ciel. Il avait l'air à la fois intimidé et heureux. Il embrassa la jeune femme sur la joue avec naturel, elle en fut toute pantoise.

— Il me pressait de vous revoir. Et de connaître votre enseigne.

— Oh, je me lance juste !

— Ce n'est pas ce qu'on dit dans toute la ville, ni à l'institut. J'y suis allé donner un cours ce matin sur l'histoire du parfum. On ne parle que de votre réussite. Henri vous cite en exemple.

— Vous voulez visiter ?

— Avec plaisir.

Il la suivit, observa les lieux, sentit les crèmes, respira les échantillons. Tout en lui était douceur et précaution, curiosité et enthousiasme. S'il considérait Iris comme une concurrente, il n'en laissa rien paraître ; nulle aigreur ni agressivité en lui. Ses compliments étaient sincères, elle devina même une certaine admiration. Elle venait de gagner son estime en se montrant à la hauteur de sa famille. Comme il lui parlait d'égal à égal, elle se sentait proche de lui et elle se détendit ; bientôt les barrières tombèrent, Armand cessa d'être un Dorian et devint un collègue. Elle lui montra son appartement coquet et le laboratoire, où elle entra avant lui pour pousser discrètement les carnets d'Hippolyte dans un tiroir. Elle expliqua qu'elle ne travaillait plus qu'à Aubagne, où elle avait transféré son centre de production.

Armand l'invita à dîner dans une brasserie du centre-ville. Iris accepta, grisée, et demanda quelques minutes pour se préparer. Elle choisit une jupe longue et un corsage rose, des gants blancs qui remontaient jusqu'aux coudes. En chemin, ils bavardèrent de choses et d'autres, bras dessus bras dessous comme deux amoureux. On se retournait sur le couple magnifique et harmonieux qu'ils formaient.

Iris était comblée. Elle était bien avec cet homme, de plain-pied avec lui comme s'ils se connaissaient depuis toujours. Il l'écoutait avec une telle ferveur qu'elle avait l'impression d'être passionnante, tout au moins qu'il la comprenait, qu'il partageait avec elle la moindre de ses pensées.

Les autres garçons qu'elle avait connus aimaient parler voitures, football ou rugby. Ils l'ennuyaient rapidement et elle trouvait vite un prétexte pour se débarrasser de leur compagnie. Armand était différent. Elle songea qu'elle-même, par certains côtés, avait peu à voir avec les jeunes femmes à la conversation insipide qu'elle côtoyait.

Un seul homme jusqu'alors avait trouvé grâce à ses yeux : Hippolyte. Elle avait formé avec lui un couple complice, complémentaire et fusionnel. Armand était le premier qui se montrait à la hauteur. Elle pourrait succomber à son charme s'il n'était pas son cousin, se dit-elle.

Leur repas fut gai et arrosé d'une excellente bouteille qui renforça leur bonne humeur. Par deux fois, Armand avança la main sur la nappe pour prendre celle d'Iris, mais elle esquiva. Malgré son attirance, elle savait qu'elle n'avait pas le droit ; Armand était de son sang, ce qu'il ignorait. Elle en arrivait à souhaiter qu'Hippolyte ne fût pas son géniteur, même s'il resterait à jamais son père.

Il parut dépité de la distance qu'elle maintenait, mais il ravala sa déception avec élégance. Ils retournèrent au magasin en marchant en silence dans les rues d'Aix. Iris avait posé son bras sur celui d'Armand. Elle aimait le contact de sa peau.

La nuit était douce. L'été durait et distillait bien-être et quiétude. De nombreux badauds flânaient. Après la chaude journée, l'air était chargé d'effluves capiteux. Au bout d'un long moment, Armand prit la parole :

— Vous comprendrez, chère Louise, que ma visite n'est pas complètement désintéressée. Oh, j'avais une envie folle de vous revoir, je dois bien me résoudre à vous l'avouer. Même si je vous sens distante...

— Ne croyez pas ça. C'est plus compliqué.

— Laissez-moi finir : donc...

Armand chercha ses mots, fit une pause, reprit sans regarder Iris :

— Ma mère m'a chargé de recruter un nez, une nouvelle fois. Voyez-vous, je ne suis plus capable de créer de nouveaux parfums. Je ne l'ai jamais été, d'ailleurs.

Il se tut. Iris perçut combien cet aveu lui coûtait et fut touchée par sa sincérité.

— Bien sûr, poursuivit-il à voix basse, je vous demande de garder pour vous cette confidence, preuve de la confiance que je vous porte. Si cela s'ébruitait, ce serait un coup dur pour la maison Dorian.

— Vous pouvez compter sur moi, Armand.

— J'ai toujours été asthmatique. Allergique aux fleurs et à des centaines de plantes. Comme si, à travers moi, une malédiction s'était abattue sur notre famille. Un parfumeur asthmatique, quelle ironie ! Sans doute tiens-je ce handicap de ce père que je n'ai jamais connu.

— Vous ne connaissez pas votre père ? demanda aussitôt Iris, surprise et envahie par un vague espoir, un peu flou.

— Non. Personne dans la famille ne le connaît, hormis ma mère, bien entendu. Un garçon de passage qui faisait une saison dans les plantations d'œillets du coin. Je n'en sais guère plus. D'ailleurs, mon grand-père Médare passait son temps à me répéter que j'étais le maillon faible de la dynastie. Que j'étais le reliquat d'une lignée maudite. Il me méprisait.

Comme par réflexe, Iris lui prit la main.

— Vous êtes un homme bien, Armand, dit-elle.

Il eut un sourire triste.

— C'est ce que dit ma mère. Son amour pour moi m'a protégé des atteintes de la vie, rassurez-vous. J'ai d'autres compétences pour notre entreprise. Médare lui-même devait le reconnaître du fond de son fauteuil de vieillard : je suis bon pour les relations publiques, pour le marketing, pour la gestion. Mais je ne suis pas un créateur et nous devons nous renouveler, vous comprenez ? J'ai besoin de vous. Vous avez du talent. Vous êtes un véritable nez. Nous sommes prêts à vous acheter vos créations.

— Je travaille pour mon compte !

— Tôt ou tard vous ferez comme la majorité des nez d'aujourd'hui. On vous offrira de créer un parfum pour une grande maison. C'est l'évolution actuelle. Nous ne voulons pas vous embaucher à vie, ni vous faire perdre votre autonomie, votre indépendance. Nous voulons vous acheter un ou deux brevets. Travaillez pour nous ! Présentez-nous quelques échantillons et nous en choisirons un, dont on exploitera la formule en vous la payant une fortune. C'est tout.

— Je ne veux travailler qu'à mon propre compte ! répéta Iris en dissimulant sa joie le mieux possible.

Bien sûr qu'elle allait accepter. Elle voyait enfin l'opportunité de mener ses recherches en gravitant dans l'entourage de Marie-Claire Dorian. Et puis, elle se rapprocherait d'Armand.

— Nous vous ferons triompher en inscrivant votre nom sur les produits Dorian ! insista Armand. Nous maîtrisons tous les réseaux de distribution, toutes les lignes de fabrication de flacons. On vous fera un nom ! En France et dans le monde !

Iris grattait nerveusement le trottoir avec le bout de sa chaussure, la mine faussement renfrognée et hésitante.

— Venez à Grasse ! Venez créer chez nous, pour nous ! Juste un ou deux parfums, insista Armand.

— C'est entendu. Je viendrai à Grasse. Je voulais connaître cette ville, de toute façon.

— Quand ça ?

— Au printemps, disons en mai. Il me reste tant de choses à faire à Aix.

15

Iris frémissait d'excitation et d'angoisse. Elle fouillait dans son armoire avec frénésie, saisissant des robes, des jupes, les jetant sur son lit, hésitante. Elle voulait une tenue élégante, mais pas voyante, quelque chose de très féminin, de fluide. Elle finit par arrêter son choix sur un chemisier en soie bleue et sur une jupe noire tombant sous le genou. Elle chaussa des ballerines vernies et laissa ses cheveux libres. Dans la boutique, Sarah, Méline, Janine et Annie étaient aux derniers préparatifs. Plus de cinq cents invitations avaient été lancées et dix journalistes de mode seraient présents.

L'agencement de la boutique avait été totalement repensé. Iris et Sarah avaient enlevé tous les rayons, toutes les étagères. Une vitrine double solitaire se dressait au centre de la pièce, présentant les deux essences nouvelles dont le lancement était l'objet de la manifestation. Chaque flacon était disposé en majesté dans une corbeille en osier sur un lit de coton. « Hippolyte » avait la forme d'un visage d'homme au profil grec, le verre transparent laissant voir la couleur orangée du liquide. L'autre, « Lumineuse », se présentait dans un long flacon rose effilé qui pouvait se glisser dans un sac à main. Devant, des testeurs permettaient d'essayer les produits. Sur les côtés de la salle, les coupes à champagne et les amuse-bouche s'alignaient sur de longues tables drapées de blanc.

— Ne t'inquiète pas, lui lança Sarah, tout va bien se passer.

Iris tournait en rond, vérifiait tout, passait un coup de chiffon machinal et nerveux sur les tables, le comptoir, les vitrines. Elle appréhendait le verdict de sa clientèle et de la presse. Elle craignait d'être trop audacieuse. A commencer par la création de cette eau de toilette haut de gamme pour homme. Il en existait très peu. Mais elle voulait son « Hippolyte » comme un hommage à son père.

Quand elle avait ouvert les bouteilles des mélanges qu'elle avait mis à macérer trois semaines auparavant, une des fragrances lui était apparue merveilleuse, à la fois masculine et sensuelle. Cette senteur ne pouvait convenir qu'à un homme, elle en était convaincue. Son père l'avait créée pour son amant. Elle avait aussitôt lancé la production d'Hippolyte.

Elle avait adapté le jus avec des notes de fond chaudes et sucrées pour créer une version féminine d'Hippolyte : ce fut Lumineuse. C'était une initiative hardie, produire deux parfums différents, l'un pour homme, l'autre pour femme, à partir de la même essence, une variation sur un même thème. Iris avait aussi innové sur la présentation, les formes et les couleurs.

Monsieur Grandjean et le maître formateur Henri se présentèrent parmi les premiers, curieux de découvrir les créations de leur ancienne élève. Iris les accueillit avec chaleur et leur fit essayer Hippolyte en déposant une goutte sur leur poignet ; tous deux attendirent un peu pour laisser évaporer les notes de tête, en fins connaisseurs. Le directeur de l'institut eut une exclamation de surprise avant de humer l'eau de toilette à nouveau.

— Surprenant, surprenant…

Henri n'eut qu'un seul commentaire :

— Félicitations !

Puis les invités affluèrent. Pendant plus de deux heures Iris, sollicitée de toutes parts par la petite foule qui encombrait la boutique, ne sut où donner de la tête. Elle serrait des mains, remerciait à gauche, saluait à droite, répondait à plusieurs interviews, épaulée par Sarah, qui ne la quittait pas. Les journalistes semblaient conquis. A la caisse, Janine et Annie ne chômaient pas ; plus de trois cents flacons furent vendus au cours de la soirée, trois grands magasins passèrent de grosses commandes.

Iris ne prit conscience de son triomphe qu'après le départ du dernier invité ; la tension nerveuse tomba d'un coup et elle s'effondra sur une chaise, lessivée. Antoine, Annie et Sarah lui mirent une coupe dans la main et tous trinquèrent à son succès. Ils rirent beaucoup, savourant leur victoire, avant de partir danser et de s'amuser toute la nuit.

Le petit matin venu, fourbue, saoulée de champagne et de musique, Iris rentra en compagnie d'Antoine. Elle appréciait ce garçon au rire facile, à la gaieté contagieuse. Elle aimait son enthousiasme, ses avis pertinents et sa loyauté. Il était d'une extrême douceur et d'un calme apaisant.

Plusieurs fois, alors qu'ils travaillaient tard le soir aux ateliers d'Aubagne, elle avait senti son regard peser sur elle, sur son visage, sur son corps, et elle avait perçu son trouble. Il lui avait même murmuré qu'il la trouvait très belle, un après-midi où ils étaient enfermés dans la salle d'expérimentation, avec une gravité qui contrastait avec sa gaieté coutumière. Elle n'avait pas répondu. Elle n'avait rien à lui répondre. Elle était bien avec lui, comme avec un bon ami, elle le trouvait charmant, agréable, rien de plus, sinon l'impression flatteuse de se savoir attirante pour ce beau garçon sur lequel les filles se retournaient. Elle avait simplement dit :

« Restons bons collègues, Antoine, c'est mieux. Et puis vous avez votre fiancée. »

Iris avait croisé la promise du jeune homme à une ou deux reprises, quand elle venait chercher son amoureux en automobile. Elle avait une manière glaciale de saluer Iris, comme si elle avait perçu d'emblée d'où pouvait venir la concurrence. Sa jalousie était palpable à chaque instant. Iris aurait voulu la rassurer, mais elle n'aurait fait que jeter de l'huile sur le feu. La jeune fiancée n'était d'ailleurs pas la seule à avoir compris qu'Antoine avait le béguin pour sa patronne. Sarah en plaisantait souvent, imitant son regard langoureux et sa mine extasiée devant Iris.

En cette fin de soirée de fête, de gloire, Iris se laissa prendre la main par Antoine. Elle était grisée, elle était sereine, elle était bien, elle n'avait pas envie de rentrer seule. Tout naturellement, leurs corps se rapprochèrent, leurs lèvres se rencontrèrent. Elle se perdit dans les bras chauds et aimants de cet homme qui la rassurait. Elle s'abandonna. Elle l'entraîna chez elle et ils firent l'amour dans le salon, à la lueur du jour naissant. Ils dormirent nus, enlacés, sur le tapis. Ce fut le bruit de la serrure de la boutique qui les réveilla soudain. Antoine se dégagea et Iris rabattit ses vêtements sur elle, gênée.

— Sors par-derrière, dit-elle à Antoine.

— Pourquoi ?

— Soyons discrets, c'est tout ! lança-t-elle, agacée.

Elle s'habilla à la hâte, courut à la salle de bains pour se recoiffer, se débarbouiller, encore sonnée par la soirée et la nuit. Elle rejoignit Sarah dans la boutique.

— Tu as une petite mine, toi ! lui lança son amie avec un clin d'œil. Bien dormi ?

— Peu.

— C'est Antoine, c'est ça ?

Iris ne répondit pas.

Elle traîna tout le jour une espèce de malaise. Elle regrettait son mouvement de faiblesse et de s'être laissée aller de la sorte avec Antoine. Elle savait qu'elle allait le blesser, qu'elle avait été égoïste. Elle ne l'aimait pas. Et elle craignait que leur relation ne s'en trouve faussée.

Elle ne se rendit pas au labo et resta à la boutique tout le jour. Le soir, Méline fit irruption, journaux en main.

— Les éloges pleuvent ! Tu as gagné ton pari !

Méline déposa le paquet de quotidiens et de magazines sur la table, Iris se précipita. Les articles étaient dithyrambiques. Dans *France Mode*, monsieur Grandjean tressait des louanges :

Mademoiselle Leclerc n'a pas que le physique des anges, elle en a les doigts, elle en a le nez, elle en a l'inspiration, quasiment divine pour cette eau de toilette masculine à la subtilité exceptionnelle. « Hippolyte » a quelque chose des premiers parfums Dorian, alliant suavité, élégance et discrétion. C'est même à se demander comment une femme peut aussi bien connaître le cœur des hommes. Décrire le parfum « Hippolyte » revient à écrire un poème. La note de tête est saturée d'agrumes dans une fraîcheur inédite, car masculine. La base mêle la menthe au rhum. On en retient des notes vertes et racées sur un lit de musc blanc. Un parfum unique et nouveau. A essayer. A adopter.

16

Iris adorait conduire ; elle se mettait avec plaisir au volant de sa Dauphine rouge pour se rendre aux établissements d'Aubagne, où elle fabriquait désormais la majorité de ses parfums. Elle se sentait libre et conquérante. Seule dans sa voiture, elle laissait son esprit dériver, dégagé de toutes les contraintes du quotidien.

Ses rapports avec Antoine avaient changé, comme elle l'avait craint. Au lendemain de leur nuit d'amour, il avait tenté de l'approcher, de lui voler un baiser ou un geste tendre dès qu'ils se trouvaient tous les deux seuls. Iris l'avait gentiment repoussé. Elle lui avait expliqué avec des mots simples et fermes que, si elle ne regrettait pas leur aventure d'un soir, elle n'envisageait pas d'établir avec lui une relation suivie – il était fiancé, elle revendiquait sa liberté. Ils avaient repris le travail ensemble, mais Antoine n'était plus le même. Il avait perdu son éternelle gaieté et sa spontanéité. Il lui en voulait et le lui faisait sentir.

Un soir, alors qu'ils travaillaient côte à côte, il demanda, le désespoir dans la voix :

— Que dois-je faire pour t'avoir ? Que dois-je faire ?

Iris le dévisagea, bouleversée. Elle posa le flacon qu'elle tenait, s'approcha de lui et lui prit la main.

— Tu es parfait, Antoine. C'est de ma faute.

— Je t'aime, Louise... De quoi as-tu peur ?

Elle haussa les épaules avec fatalisme.

— Tu aimes quelqu'un d'autre, n'est-ce pas ? reprit Antoine comme s'il s'agissait d'une évidence.

L'image furtive d'Armand s'imposa à Iris, elle la chassa.

— Non, déclara-t-elle avec aplomb en évitant de regarder Antoine dans les yeux.

Il se leva, se plaça derrière elle, enlaça sa taille et posa sa tête sur son épaule. Elle ne le repoussa pas. Ce contact, à ce moment précis, lui fit du bien.

— J'ai rompu mes fiançailles, dit le jeune homme. Je ne pouvais plus mentir, faire semblant. Je n'aime que toi, je n'y peux rien.

— N'attends rien de moi. Rien, murmura-t-elle.

Il se détacha d'elle.

— Viens, allons dîner. Je t'invite.

Ils quittèrent le laboratoire main dans la main. Iris faiblissait, elle avait des scrupules et Antoine l'attendrissait. Ce soir, elle ne se sentait pas le courage de résister, de réfléchir, de se retrouver seule une fois encore en tête à tête avec les écrits de son père.

Cela faisait plusieurs semaines qu'elle se consacrait nuit et jour à la création d'un nouveau parfum. Elle passait des heures à étudier les carnets d'Hippolyte, testant des compositions qui ne la satisfaisaient pas, cherchant dans les gribouillis paternels l'équilibre magique qu'elle y devinait, pestant, recommençant jusqu'à tomber de fatigue. Le legs de son père était à la fois un bienfait et une calamité ; elle s'en inspirait trop, ne parvenait pas à s'en détacher. Elle avait conscience de brider sa propre intuition, d'étouffer sa liberté de création, mais rien n'y faisait, elle retournait sans cesse aux carnets, dont elle n'avait pas percé tous les secrets. Parfois, le soir, elle en glissait un sous son oreiller avant de se coucher. Elle se surprenait parfois à pleurer en caressant les mots sur le papier.

Le dîner fut moins pesant qu'elle ne l'appréhendait. Antoine eut la délicatesse et l'intelligence de mettre de côté ses sentiments. Ils discutèrent du prochain projet d'Iris, un parfum léger, destiné à une clientèle de très jeunes femmes. Ils parlèrent fragrances, senteurs, tendances et marketing. Ils burent un peu, Antoine se montra enjoué, prévenant, spirituel, et ils rirent beaucoup.

Presque naturellement, ils rentrèrent ensemble chez Iris et firent l'amour.

Quand elle s'éveilla le lendemain, Antoine était parti. Elle apprécia sa discrétion et songea qu'avec le temps, peut-être, elle parviendrait à l'aimer ; l'image obsédante d'Armand surgit dans son esprit, qu'elle écarta sans y parvenir tout à fait.

17

A force d'obstination, d'hésitations, d'essais parfois décourageants, Iris parvint à obtenir l'accord qu'elle cherchait pour son parfum destiné aux jeunes filles, qu'elle avait voulu discret et féminin. Elle le testa auprès de Méline et Sarah, qui apprécièrent sa fraîcheur. Elles organisèrent un lancement en milieu d'après-midi, début février, auquel répondirent de nombreux journalistes mais aussi une clientèle toujours aussi avide et curieuse de nouveautés. La réception fut certes moins enflammée que pour Hippolyte, cependant les critiques louèrent l'idée de ce parfum pour la jeunesse et ses fragrances délicates.

Les ventes suivirent. De partout en France, grossistes et boutiques passèrent des commandes pour ce produit original qui connaissait peu de concurrence, le marché des adolescentes étant encore quasiment inexploité. Avec le temps et ces trois nouveaux parfums, Iris avait réussi à donner à son entreprise une dimension nationale.

Elle ne comptait pas s'arrêter là ; elle avait en projet un parfum pour femme, léger et estival, qu'elle comptait présenter dès la fin de l'hiver. De nouveau, elle avait cherché l'inspiration dans les carnets d'Hippolyte. Elle avait trois jus à l'essai et patientait pendant leur maturation.

Elle avait un autre sujet de préoccupation. Sa relation avec Antoine l'inquiétait. Une nuit, alors qu'il dormait à côté d'elle, elle fut incapable de trouver le sommeil, rongée par la culpabilité. Antoine était agréable, elle appréciait sa compagnie, mais elle éprouvait de la tendresse là où il attendait de l'amour. La situation était fausse, elle avait le sentiment de le tromper, de lui donner de vains espoirs. Elle n'avait pas d'avenir avec lui, il ne semblait pas en avoir conscience, aveuglé par la passion. Elle avait fermement refusé qu'ils s'installent ensemble, elle ne voulait pas officialiser le couple qu'ils formaient – et plus il s'exaltait, plus elle s'en voulait de sa faiblesse.

De guerre lasse, Iris se leva en silence et s'installa à son bureau. Elle alluma la petite lampe et, par habitude et presque sans y penser, sortit les carnets de son père, se mit à les compulser.

— Qu'est-ce que c'est que ces vieilleries ?

Elle sursauta. Antoine avait ouvert les yeux et l'observait depuis le lit. Elle fit prestement disparaître les carnets dans un tiroir et murmura :

— Rien, des souvenirs de mon père.

— Viens te coucher.

Iris s'exécuta, davantage pour ne pas éveiller ses soupçons que par envie. Il la prit dans ses bras et de nouveau les scrupules l'accablèrent.

Le matin venu, elle lui annonça qu'elle allait bientôt quitter Aix pour Grasse. Une ombre passa dans les yeux du jeune homme.

— Qu'est-ce que c'est que cette histoire ? Tu veux me fuir ? N'est-ce pas ?

Elle détourna le visage.

— Mais non, c'est un séjour prévu depuis cet automne !

— Où vas-tu exactement ?

— A la parfumerie Dorian. J'ai accepté de créer un parfum pour eux.

— Pourquoi ? Tu as toujours refusé de travailler pour Givaldie ou pour d'autres maisons !

— J'ai une affaire à régler chez les Dorian.

— Combien de temps pars-tu ?

— Je ne sais pas au juste. Plusieurs semaines.

Il posa sur elle un regard implorant.

— Qu'en est-il de nous ?

— Je ne t'ai jamais donné d'espoir.

— Tu n'as pas songé à m'emmener avec toi à Grasse ?

— Non. Tu as ton travail ici. Et je vais là-bas pour affaires.

— Et moi ? Je n'aurai jamais de place dans ta vie ?

— Non.

Il se leva, furieux. Il s'habilla sans un mot et sortit en claquant la porte.

Iris ne chercha pas à le rattraper.

18

La veille de son départ, Iris reçut au magasin la visite du docteur Palinski. Il était accompagné d'un homme très pâle au regard fuyant ; il avait une trentaine d'années, estima Iris, et paraissait extrêmement timide.

— Louise, je vous présente Oscar. Pourrions-nous nous parler dans un endroit plus discret ?

— Bien sûr, montons chez moi.

Ils s'installèrent dans le salon, où Iris servit un thé. Oscar ne disait pas un mot, l'air un peu absent. Le docteur Palinski prit la parole :

— Oscar a effectué des recherches sur les maternités nazies, dont il va vous faire part. Je crois que nous pourrons faire un lien avec la ménoxiline.

— Expliquez-moi. Cela m'intéresse, l'encouragea Iris.

Oscar se racla la gorge et se trémoussa sur son siège, mal à l'aise. Puis il se lança, trouvant ses mots de plus en plus facilement à mesure qu'il s'exprimait.

Il était lui-même un des enfants regroupés dans les Fontaines de vie ; il avait conservé des souvenirs précis de cette période de sa vie, et, à l'âge adulte, il s'était passionné pour un sujet alors mal connu, les Lebensborn, implantés pour la plupart en Allemagne, mais aussi en Belgique, dans les pays scandinaves et même en France. Il avait fait montre d'une belle obstination devant l'absence d'archives et la réticence des autorités, pour lesquelles l'existence de ces maternités nazies relevait de la légende, mais il avait forcé les portes et trouvé des témoins.

— Le nom allemand de ces établissements était Lebensborn, « Fontaine de vie » en vieil allemand, confirma le docteur Palinski. C'est un nom bien poétique pour un projet aussi dément que secret.

— L'idée était de favoriser le développement d'une race supérieure de purs Aryens, ajouta Oscar, la future élite d'un Troisième Reich censé durer mille ans. Les Lebensborn furent conçus en 1935 sur l'initiative de Heinrich Himmler.

— Les nazis avaient une obsession : redonner à la race allemande sa supposée pureté originelle, glissa le docteur Palinski. C'est exposé très clairement dans *Mein Kampf*.

— La SS était au centre du dispositif, reprit Oscar. Les membres de cette organisation devaient être racialement et idéologiquement purs, la sélection comme les contrôles étaient sévères. Les recrues devaient prouver que leur généalogie ne comprenait que des ancêtres d'origine aryenne depuis 1800, au minimum. Tous passaient un examen médical approfondi comprenant des mesures anthropomorphiques effectuées par des inspecteurs. En cela, les nazis sont les héritiers d'un courant eugéniste plus ancien. Himmler axa le recrutement des SS qui devaient procréer sur cette théorie. Les fiancées et les futures épouses des SS devaient subir une sélection équivalente. Ainsi, on évaluait l'harmonie entre les deux individus et leur capacité à avoir une descendance racialement parfaite. Les couples adoubés se voyaient décerner un livret de famille spécifique. Ils devaient avoir au moins quatre enfants. Mais malgré ces mesures, il fallait toujours plus de petits Aryens...

— D'où le développement des Fontaines de vie, intervint Iris.

— Oui, il fallait plus d'enfants. Toujours plus. Les accouchements dus à des mariages bien officiels ne suffisaient pas. Pour approvisionner les maternités aryennes, il fallut user d'autres subterfuges. Les SS enlevèrent des jeunes femmes pour qu'elles produisent de futurs Allemands de pure race dans des maternités conçues dans ce but précis.

— Ma pauvre fille a été victime de cette monstruosité, dit le docteur Palinski.

— Des maternités furent ouvertes, approvisionnées en femmes blondes aux yeux bleus enlevées en Europe centrale. Les établissements étaient contrôlés régulièrement, par Himmler et ses sbires. La toute première Fontaine de vie fut ouverte en

1936 à Steinhöring, un petit village de Bavière. Le directeur était le capitaine Guntram Pflaum. Il avait alors trente-deux ans et débutait une longue carrière... faite d'horreurs. Les autres directions furent confiées à des membres du parti volontaires et fanatiques. Le capitaine Bauer fut candidat à la direction de la Fontaine de vie de Hambourg...

— Un monstre ! s'écria Iris.

— C'était un proche de Himmler, convaincu de la nécessité de développer une race pure qui dominerait l'Europe. Au départ, les maternités étaient en priorité réservées aux Allemandes qui pouvaient concevoir avec des SS inconnus de parfaits petits Aryens qu'elles confiaient à l'organisation SS. Un nom était attribué au nouveau-né, sans lien avec celui de la mère, ainsi qu'un certificat d'aryanité, ce qui lui ouvrait par la suite les écoles réservées aux futurs SS. L'avenir de l'enfant était tout tracé : soit il était élevé dans un foyer, soit il intégrait une famille aryenne et par la suite les rangs de la SS. Mais restait le problème récurrent de trouver toujours plus de ventres. Les volontaires allemandes ne suffisaient pas. Il fallut enlever des femmes dont le profil convenait. Ce fut une technique utilisée, notamment, par Bauer à Hambourg. Il obtenait de tels résultats qu'il fut récompensé par Hitler lui-même en 1943. Sa maternité était toujours pleine. Cinquante enfants naissaient par an. Le plus fort, c'était que les femmes qu'il utilisait semblaient accepter leur sort.

— La plupart étaient droguées, fit remarquer Iris.

— Oui, je l'ai toujours pensé et le docteur Palinski m'a conforté dans cette idée, répondit Oscar.

— Et dans les autres maternités ? Les femmes étaient également droguées ? demanda-t-elle.

— Quelques-unes. Il y en avait aussi qui ne faisaient que passer, victimes d'un viol de la part d'un SS qui avait négocié avec la famille pour que l'accouchement se fasse discrètement et anonymement en Allemagne. Ou bien la fille était enlevée puis reconduite chez elle, muette, honteuse.

— Les SS furent aussi officiellement encouragés à procréer hors mariage, par le biais des viols, ou à enlever dans les pays conquis des enfants correspondant aux critères de la race aryenne, dit le docteur Palinski.

— D'où les enlèvements d'enfants ? demanda Iris, horrifiée.

— Oui, déclara Oscar, des enfants en âge d'entrer en foyer et de subir un lavage de cerveau pour les conditionner à devenir des SS. On procéda à la germanisation de milliers d'enfants polonais, tchèques, yougoslaves ou russes arrachés à leurs familles... Il fallait apporter au pays et à l'armée le plus d'individus racialement valables. Himmler disait qu'il avait l'intention de chercher du sang aryen dans le monde entier, de le soustraire, de le voler là où il pouvait. En 1942, en URSS, l'officier dont je vous parlais, Pflaum, devenu alors colonel, dirigea un commando chargé de la sélection et de l'enlèvement d'enfants près de Minsk. Je faisais partie de ces enfants...

Une ombre passa dans le regard d'Oscar.

— J'ai accepté de vous parler parce que le docteur m'a dit que vous vous intéressiez à cette ordure de Bauer. Alors, voilà. Je n'ai pas de souvenirs précis de mon enlèvement. C'était en septembre 1942, j'avais huit ans. J'étais le plus âgé des gamins épargnés par les Allemands pour leur profil intéressant : blond aux yeux clairs. Les autres ont été exécutés. Il me reste des images, des bruits, de vagues réminiscences terrifiantes : les aboiements des chiens des SS, les détonations, les hurlements de nos parents que l'on massacrait, car tous les villageois hormis les enfants sélectionnés furent passés au fil de l'épée. Je me rappelle une longue marche, un voyage interminable en camion bâché, avec des SS qui riaient et buvaient à l'arrière du véhicule. Je me souviens de ma peine et de ma peur. Nous sommes arrivés près de Hambourg au bout d'une semaine. Affamés. Exténués. On nous a regroupés dans la cour du foyer délimitée par un mur surmonté de barbelés. Il y avait des femmes habillées en infirmières, des nourrices aussi, et leur présence m'a rassuré. Je ne comprenais pas un mot d'allemand. On nous a distribué du pain et de l'eau. Nous sommes entrés dans la première pièce du foyer, l'un après l'autre. Nous étions essentiellement des garçons. C'est à ce moment-là que j'ai vu Bauer pour la première fois, assis derrière un bureau en bois, des liasses de papiers devant lui. Il a posé les yeux sur moi, jamais je n'oublierai son regard : perçant, froid, sans une once d'humanité, comme si j'avais été un détritus. Il a ordonné à une infirmière de me mesurer et de m'ausculter, puis j'ai rejoint le foyer SS. Je me suis retrouvé là avec d'autres garçons d'origine étrangère...

— A quoi ressemblait ce foyer ? demanda Iris, captivée.

— Il s'élevait sur deux étages. Au premier, nos salles de classe, le réfectoire et une salle qui faisait office de gymnase et de stand de tir. Au second, les dortoirs, les sanitaires et les douches. Nous avons reçu une éducation militaire très dure assortie d'un endoctrinement total. En 1944, deux ans après mon arrivée, je parlais parfaitement l'allemand, j'avais tout oublié de mon passé et j'étais persuadé de faire partie de l'élite aryenne. A force de propagande, de lectures, d'entraînements intensifs, les SS avaient fait de moi un nazi, un futur combattant.

— Et Bauer ?

— Il venait une fois par semaine pour inspecter les nouvelles recrues et délivrer la bonne parole nazie. On le craignait. Il s'occupait aussi du suivi des enfants de la maternité, qui entraient au foyer à l'âge de cinq ans.

— Vous saviez ce qui se passait à la maternité ?

— Un peu. Les bâtiments étaient voisins. On entendait les bébés. Les nourrices les promenaient parfois dans la cour en landau. Des nourrices qui étaient elles-mêmes souvent enceintes. Elles avaient une double fonction. D'ailleurs, nos chefs s'absentaient parfois le soir pour aller honorer ces braves poulinières.

— Elles étaient consentantes ?

— Celles-là, oui. Elles étaient convaincues de servir au mieux le Reich en agissant de la sorte. Elles étaient nazies.

— Vous avez remarqué d'autres femmes ?

— Jamais dans la cour, ni dans l'enceinte de l'établissement, pourtant je savais qu'elles existaient, je les avais aperçues. Bauer m'avait embauché pour travailler à la cuisine de la maternité. Je faisais la plonge et j'aidais à la préparation des repas. Je pouvais circuler un peu partout.

— Vous avez donc côtoyé les employées de la Fontaine de vie ? s'enquit Iris.

— Oui, de la fin 1944 jusqu'à la défaite allemande. Je ne rentrais au foyer que pour dormir. Je ne m'en plaignais pas. J'étais bien au Lebensborn, entouré de toutes ces femmes et parmi les enfants. J'avais l'impression d'avoir trouvé une famille.

— Parlez-moi de ces femmes qui ne sortaient jamais.

— Elles étaient huit, je me souviens parfaitement d'elles : Clara, Lara, Elsbeth, Fior, Elizabeth, Majda, Hannah et Marijka. Je ne pense pas qu'il s'agissait de leurs véritables prénoms. Ces femmes-là me sont immédiatement apparues étranges. Elles étaient comme absentes. Elles s'exprimaient, elles s'entendaient plutôt bien, elles s'occupaient des petits, elles aidaient au ménage, en cuisine, mais elles agissaient de façon machinale, presque comme des animaux dressés ou des robots, sans jamais se plaindre ni émettre le moindre commentaire. On avait l'impression qu'elles n'avaient été placées là que pour faire des enfants. Quand je les interrogeais, elles avaient toutes le même discours débité sur un ton mécanique, comme appris par cœur : leurs familles étaient allemandes, bien sûr, mortes en luttant, et le colonel les avait sauvées en les invitant dans la Fontaine de vie. Elles disaient servir le Führer et que c'était bien, qu'elles avaient de la chance d'être là, à fabriquer les futurs serviteurs du Reich.

— La drogue qu'on leur administrait devait être très puissante pour qu'elles soient aussi soumises et consentantes, dit Iris.

— C'est ce que le docteur Palinski m'a expliqué. Les effets de la ménoxiline dont il m'a entretenu correspondent tout à fait au souvenir que j'ai de ces femmes.

— Et vous n'avez rien découvert sur leurs origines ?

— Je ne me serais pas risqué dans le bureau de Bauer, ni à les questionner. Des SS choisis par Bauer profitaient de permissions et venaient comme s'ils se rendaient au bordel, même s'il s'agissait d'engrosser ces pauvres femmes. Bauer leur accordait le droit de coucher avec elles comme une récompense, avant leur départ sur le front de l'Est. Ce n'étaient jamais les mêmes hommes.

— Et ces femmes acceptaient qu'on leur enlève leur enfant ?

— Les nourrices gardaient les leurs jusqu'à ce qu'ils soient en âge d'entrer au foyer, mais Bauer éloignait vite ceux des autres femmes, avant qu'elles ne s'attachent, et pour qu'elles puissent enfanter à nouveau au plus tôt. Il interdisait l'allaitement maternel. Les petits étaient placés à quelques mois seulement, ils étaient adoptés par des familles allemandes qui devaient jurer de leur faire intégrer les Jeunesses hitlériennes puis la SS à l'âge convenu.

— Vous avez croisé ces familles ? demanda Iris.

— Cela m'est arrivé. Bauer les accueillait dans son bureau et j'entendais alors marcher sa presse à main. Il avait une machine pour fabriquer les cartes d'identité des enfants qui partaient. Il leur attribuait le nom de la famille adoptante. Puis il faisait suivre au service administratif du siège des Fontaines de vie, à Munich, qui corrigeait les états civils. Tout était fait dans les formes.

— Les nazis ont toujours eu le sens de l'ordre. Ils étaient rigoureux et méthodiques, intervint le docteur Palinski, le visage marqué par la haine.

— Les choses ont commencé à se gâter pour Bauer fin 1944. L'étau se resserrait sur l'Allemagne. Les Alliés arrivaient par la France, les Russes progressaient comme un rouleau compresseur par l'est. Début 1945, Bauer a reçu l'ordre d'évacuer les enfants de la maternité. Il a accéléré le processus d'adoption, mais il peinait de plus en plus à trouver des familles. Des Hollandais et des Belges sont venus adopter. Même un Français.

— Un Français ? demanda Iris en levant un sourcil.

— Oui. Un type très riche, très élégant, qui a réussi à rallier Hambourg avec sa propre voiture. Je me demande comment il a pu passer les lignes de front. Il s'appelait Dorian, et il parlait très bien l'allemand. Il avait un laissez-passer.

Iris se figea.

— Médare Dorian ?

— C'est ça. C'était curieux. Lui et Bauer paraissaient se détester tout en se connaissant bien. Ça se voyait aux regards qu'ils échangeaient. Dans la nurserie, Dorian a réclamé un garçon de moins de trois ans. Bauer lui en a désigné deux. C'est alors que j'ai dû sortir, car ma présence aurait pu paraître louche. J'avais terminé de débarrasser les tables du déjeuner et je ne voulais pas donner l'impression d'écouter. Ensuite, Bauer et Dorian se sont enfermés dans le bureau. J'ai entendu la presse tourner. J'ai croisé le Français alors qu'il quittait l'établissement, avec un petit garçon dans les bras. Il était tard, je suis rentré au foyer. J'ai été marqué par son parfum, je trouvais ça étrange sur un homme. Sans doute avait-il oublié de régler quelque chose avec Bauer car il est retourné à la maternité, où il est resté un bon moment. C'est bien plus tard que j'ai entendu sa voiture démarrer.

— Qui était le petit garçon ?

Iris était folle de curiosité.

— Un fils de Clara. Un enfant très calme, pour ce dont je me souviens. Bauer n'avait pas réussi à le placer, comme tant d'autres. Il était malade, très fragile des poumons.

— Et après, que s'est-il passé ? demanda le docteur Palinski.

— Un peu avant l'entrée des troupes alliées dans la ville, Bauer a ordonné aux nourrices de conduire au foyer tous les enfants, les petits qui n'avaient pas été adoptés et nous, les plus grands. Peu après, la maternité était en flammes. Bauer et ses trois assistants venaient de se donner la mort et de faire disparaître par le feu toutes les traces. Trois des femmes amnésiques ont été retrouvées errantes et ont été recueillies. Les autres ont péri dans l'incendie.

— Et vous, Oscar, quel fut votre parcours après cet enfer ? s'enquit Iris.

— Notre foyer a été évacué par la Croix-Rouge. J'ai été rapatrié en France par erreur. Après bien des errements, j'ai été adopté par des paysans du Pas-de-Calais. De braves gens, qui m'ont donné une bonne éducation. J'ai obtenu une bourse pour faire des études à Paris et je suis devenu professeur d'allemand. Je mène des recherches sur les Fontaines de vie depuis des années, mais je peine devant le manque de documentation, soit qu'elle ait été détruite, comme à Hambourg, soit que les archives soient inaccessibles. Ce qui me fait le plus mal, c'est d'avoir été, pendant un moment de ma vie, un fervent nazi.

— Vous étiez manipulé ! Vous n'étiez qu'un enfant ! s'écria Iris.

— Je sais bien ; mais je frémis quand je pense que j'étais persuadé qu'en m'enlevant les SS m'avaient fait un cadeau, devenir un des leurs ! Je me destinais à devenir un monstre, j'étais un monstre !

Oscar détourna le regard vers la fenêtre.

— Vous êtes retourné près de Minsk, dans votre pays natal ?

— Non, je n'en ai jamais eu le courage. Je sais que toute ma famille a disparu. En revanche, je suis en contact avec des personnes qui ont le même parcours que moi. Beaucoup sont obsédées par la découverte de leurs origines et s'en rendent malades. J'ai jugé prudent de ne pas trop me retourner sur mon propre passé.

— Vous êtes un sage, Oscar, murmura le docteur Palinski. Pour ma part, j'ai passé des années à enquêter sur ma pauvre fille, j'ignorais tout de sa vie entre le moment de son enlèvement pour être placée dans un Lebensborn et celui de sa mort, onze ans plus tard. Quand je l'ai retrouvée, elle faisait pitié. Elle ne savait plus rien de son passé. Elle est morte peu après. C'est pour ça que je suis parti en Afrique. Pour tenter d'oublier. Pour trouver le salut dans l'éloignement.

Sa voix se brisa.

— Mais je ne suis pas guéri, poursuivit-il. Rappelez-vous, chère Louise, la première fois que j'ai posé les yeux sur vous, j'ai vu le portrait de ma fille. J'ai cru défaillir.

Iris songeait maintenant à cet enfant emporté par Médare Dorian, une nuit de 1945. Qu'était-il devenu ? Ce garçon devait avoir son âge aujourd'hui. Où était-il ? Et s'il s'agissait d'Armand ? C'était vraisemblable puisqu'il avait des problèmes pulmonaires, comme celui que Médare avait emmené.

Elle devait se rendre à Grasse, au plus tôt.

Troisième partie

GRASSE

1

Iris se rendit à Grasse avec sa Dauphine. Le trajet en solitaire ne lui pesait pas. Au contraire, elle en profita pour réfléchir et faire le point. Les révélations d'Oscar laissaient envisager bien des hypothèses sur les Dorian. Cette famille avait été prête à tout pour conserver son prestige et ses biens. Il y avait eu l'enlèvement de Julia Herd, en 1921, pour avoir des héritiers. Puis, en 1945, le patriarche Dorian avait adopté un enfant, sans doute pour s'assurer une succession. Il restait à savoir qui était ce petit, s'il était encore en vie et quelle avait été la nature des liens entre Dorian et Bauer.

Elle devait aussi percer le mystère de ses propres origines. Hippolyte, amoureux du parfumeur Philippon, avait-il eu malgré tout une relation avec une femme qui lui aurait donné une fille, elle-même, Iris ? L'avait-il adoptée ? Toutes ces questions lui donnaient à penser. Elle avait choisi de laisser les carnets de son père à Aix, dans le bureau du labo de la boutique, afin de ne pas succomber à la tentation d'y chercher l'inspiration. Elle voulait s'émanciper. S'affranchir. Créer seule.

Antoine ne lui manquait pas. Au contraire, même, elle était soulagée de s'éloigner de lui. De nouveau la culpabilité la pinça. Elle ne devait plus lui céder par égoïsme. Antoine méritait une compagne aimante avec laquelle il serait heureux.

Iris avait confié la boutique à Sarah et avait laissé des consignes précises à Antoine et aux apprentis. Janine, maintenant rompue à la tâche, s'occuperait de la partie administrative sans difficulté. Elle n'avait aucune inquiétude, sa petite entreprise tournait grâce à ces personnes compétentes et investies, de surcroît des amis.

Quand elle arriva à Grasse, l'après-midi tirait à sa fin et le pays était nimbé d'une émouvante lueur orangée. Avant d'entrer en ville, elle s'arrêta un moment face à la mer. L'eau, les vagues, le bruit de l'océan lui manquaient depuis qu'elle avait quitté Nialvic. Le spectacle de la masse bleue infinie qu'éclairaient les reflets du soleil couchant l'emplissait de plénitude, la libérait. Elle y retrouvait Hippolyte. Elle y retrouvait sa jeunesse heureuse avec cet homme qui avait su l'élever avec amour. La quasi-certitude qu'il n'était pas son père ne changeait rien à ses sentiments, sinon qu'elle avait éveillé en elle le désir de connaître la vérité, de lever le voile sur des secrets enfouis dont elle soupçonnait la gravité.

Grasse lui apparut comme un bijou. Les façades aux couleurs pastel entouraient tel un collier de perles colorées la cathédrale qui dominait les toits. Tout autour les maisons s'accrochaient les unes aux autres, formant des dédales de ruelles. Elle descendit sur la place aux Aires et prit un verre à la terrasse d'un bistrot d'où elle téléphona à Armand. Elle n'eut pas à attendre longtemps. Bientôt, elle le vit qui sortait de sa voiture et s'avançait vers elle, radieux. Son cœur s'emballa.

Il portait une chemise blanche qui mettait en valeur son hâle. Alors qu'il s'approchait d'un pas souple, elle éprouva une bouffée de désir qui lui fit baisser les yeux. Non, songea-t-elle, je ne m'aventurerai pas sur ce terrain tant que je n'y verrai pas plus clair.

Il lui proposa de lui montrer la ville ; ils se baladèrent, bras dessus, bras dessous, dans un lacis de ruelles pentues révélant de jolies façades au crépi pâle, des demeures nobles et anciennes, des hôtels particuliers construits par les grands noms de la parfumerie. La cathédrale Notre-Dame-du-Puy en calcaire blanc, par son style roman provençal dépouillé, plut à Iris qui la contempla, le nez en l'air. Armand se plaça derrière elle et lui mit une main sur l'épaule. Elle s'échappa, n'osant le regarder en face. Elle s'éloigna en disant :

— Allons visiter votre domaine, cher Armand. Je vous suis en voiture. Mon fiancé n'aimerait pas me savoir seule avec un si bel homme !

Iris avait accompagné ses paroles d'un clin d'œil, comme une bonne plaisanterie. Armand resta interdit un instant, puis il sourit de bonne grâce. Elle eut des remords, aurait voulu lui expliquer ses réticences, elle avait envie de lui prendre la main, de l'embrasser, de se blottir contre lui.

Il roulait vite, elle avait du mal à le suivre. Ils sortirent de la ville, parcoururent des espaces fleuris à l'infini. Iris avait l'impression de se noyer dans une mer de parfums, de couleurs, d'odeurs qui entraient par ses vitres ouvertes : ils traversaient des étendues de lavande, de roses, de jasmins, de violettes. Les couleurs se mêlaient les unes aux autres, comme les senteurs du soir. Armand tourna à gauche dans un chemin qui s'enfonçait au milieu des champs de fleurs vers une bâtisse magnifique ceinte d'un mur en pierre qui n'en laissait voir que la toiture. L'entrée était fermée par un portail qu'un gardien vint ouvrir.

La demeure, immense, s'élevait sur trois étages. Derrière, au milieu des pins, se dressait une chapelle en style gothique surmontée d'une croix en calcaire blanc. Iris comprit qu'il s'agissait du mausolée familial. Ce serait intéressant d'y jeter un coup d'œil, se dit-elle.

Elle avisa deux vastes bâtiments, quelques centaines de mètres plus loin.

— A gauche, la distillerie, lui expliqua Armand, à droite, le laboratoire, mieux protégé que le coffre-fort d'une banque.

Au-delà, à perte de vue, se déployaient des plantations de fleurs. Iris, impressionnée, prit réellement conscience de la puissance de l'empire Dorian. Elle savait qu'elle bénéficiait d'un privilège rare en étant admise dans le saint des saints. Ici était le cœur battant de l'entreprise, le lieu où naissaient les parfums, où ils étaient produits. Là où la magie opérait.

Armand lui proposa de visiter la distillerie. Elle accepta avec empressement, par curiosité professionnelle autant que pour rester auprès du jeune homme. Il ouvrit une porte blindée soigneusement verrouillée et éclaira les lieux. Une odeur violente, écœurante, agressa la jeune femme au point qu'elle recula d'un pas. Des milliers de fleurs coupées le jour même emplissaient d'immenses caisses. Armand précéda Iris dans une autre salle où régnait une chaleur humide et lourde. Cinq gigantesques alambics trônaient tels de monstrueux dinosaures au long cou accroupis et immobiles. Iris connaissait leur fonctionnement, qu'elle avait étudié à l'institut, mais elle n'avait jamais eu l'occasion de les approcher en bénéficiant d'une leçon particulière. La vapeur d'eau s'imprégnait des éléments odorants des fleurs placées sur un plateau perforé et les entraînait dans un tuyau en serpentin où elle se condensait ; le liquide recueilli dans les essenciers, mélange d'eau et d'huiles essentielles de densités différentes, se séparait naturellement. Armand lui montra comment on prélevait les huiles à la surface.

Une porte sur la droite, elle aussi fermée à clé, donnait accès à la salle de l'enfleurage. Cette technique était moins rentable, lui expliqua Armand, et n'était utilisée que pour les fleurs les plus fragiles. L'atelier était vide, mais Iris pouvait imaginer les ouvrières, assises le long de tables devant des casiers en bois. Les fleurs infusaient dans des matières grasses, huiles ou graisses chaudes. Puis le mélange était filtré et on obtenait un onguent que l'on commercialisait en l'état ou que l'on nettoyait de sa graisse pour donner un concentré, l'absolue.

Les fleurs les plus fragiles, qui faisaient la réputation des plantations Dorian, tel le jasmin, étaient effleurées à froid. L'opération était longue et minutieuse : les ouvrières étalaient une couche de graisse sur un châssis en verre qu'elles couvraient de fleurs jusqu'à ce que la graisse soit saturée. On obtenait une pommade parfumée, qui entrait dans la composition de cosmétiques. Une partie était débarrassée par l'alcool de ses matières grasses afin d'en extraire l'absolue.

— Mais la plupart des absolues sont maintenant obtenues avec des solvants volatils, précisa Armand.

Il poussa une autre porte. L'odeur fit vaciller Iris. Trois grandes cuves en acier étaient placées l'une derrière l'autre. C'étaient des extracteurs. On y jetait les fleurs avec des solvants, qui se chargeaient de leurs parfums. Après décantation, filtrage et évaporation des solvants, le résidu consistait en une pâte très odorante : la concrète pour les fleurs ou la résinoïde pour les matières sèches, végétales ou animales. Des batteuses mécaniques situées dans une arrière-salle servaient à une série de lavages et de glaçages qui transformaient la concrète en absolue, de l'essence pure dont Iris huma quelques flacons doseurs. Leur qualité approchait la perfection.

— C'est un trésor, cet endroit-là, dit Iris. Tant de savoir-faire…

— Un trésor, oui, répondit Armand, les yeux dans le vague. Un trésor hérité de nos ancêtres depuis le XVIIIe siècle, un trésor immense et précieux. Mais je me sens seul pour le faire fructifier, pour diriger tout ça. Et pas toujours à la hauteur.

Cet aveu montrait une inquiétude et une vulnérabilité qui émurent Iris. Elle posa une main rassurante et compréhensive sur celle d'Armand sans même réfléchir à son geste, comme par réflexe.

— Vous vous sous-estimez, Armand. De quoi doutez-vous ? murmura-t-elle.

— Je vous l'ai dit, Louise. Vous êtes la seule, avec ma mère, à connaître mon secret. Je suis asthmatique, je ne peux pas créer de parfums.

— Il y a des nez pour ça ! Vous avez une entreprise à diriger.

— La vérité, c'est que nous avons perdu notre don. Mon arrière-grand-père Médare nous le répétait assez souvent, avec plus de mépris que de tristesse. Le don des Elzeon est mort. Leur génie a disparu.

— Votre arrière-grand-père est toujours en vie ?

— Non, j'avais onze ans lors de son décès. Son fils Nathanaël était mort quelques années avant lui. Vous voyez, il n'y a plus de nez chez les Dorian.

— Vous n'avez jamais pensé à vous reconvertir ?

— Ma mère en mourrait. Cet acharnement à vouloir perpétuer notre héritage, notre nom : Dorian, Dorian... Les parfums ! Elle n'a que ce mot à la bouche, comme son propre père et son grand-père avant elle. C'est un héritage lourd à porter. Parfois...

Il laissa sa phrase en suspens et sonda le regard d'Iris avant de conclure :

— ... parfois, j'ai le sentiment de ne pas appartenir à cette famille...

Il se détourna pour masquer son trouble.

La visite achevée, ils quittèrent le bâtiment et se dirigèrent vers la demeure.

— Je suppose que vous ne me montrerez pas le laboratoire de chimie ? tenta Iris.

— Certainement pas ! C'est secret-défense, dit Armand en riant. Plus sérieusement, il y aurait même du danger. Seuls nos chimistes ont le droit d'y pénétrer. Je ne m'y hasarderais pas.

— Vous n'y êtes jamais entré ? s'étonna Iris.

— Une fois ou deux, mais ce n'est pas très intéressant. Voir des petits bonshommes blancs qui s'agitent pour isoler des molécules et créer des arômes synthétiques, peu m'importe. Seuls les produits finis comptent, non ?

— Combien avez-vous de chimistes ?

Armand sembla hésiter.

— Le vieux Salomon, Jules et Henri. Trois, donc.

— Le vieux Salomon ? dit Iris, intriguée.

— Oui, un ami intime de mon grand-père Médare, qui n'a jamais voulu s'en séparer. Il est à moitié fou, ne sort presque jamais, ne parle à personne. Mais il est excellent chimiste. Il vit à l'arrière du labo dans un logis attenant. Il est le gardien du temple, en quelque sorte. Il est armé. Ma mère me racontait une foule d'histoires sur son compte quand j'étais petit et que je faisais des bêtises. Elle me menaçait de m'emmener chez lui ! En réalité, Salomon est parfaitement inoffensif et à moitié sénile. Il faut dire qu'il a survécu par miracle au génocide...

Ils approchaient de la maison. Iris s'arrêta net, intimidée, en reconnaissant madame Dorian qui les attendait en haut du perron, un sourire plaqué sur les lèvres. Elle était vêtue d'une robe en satin et portait un immense chapeau. Elle descendit les marches et vint à leur rencontre.

— Mademoiselle, dit-elle en serrant la main d'Iris.

— Bonjour, madame, dit Louise en masquant son trouble.

Lui parvint le parfum qu'elle avait senti le jour de la mort d'Hippolyte. Elle observa le visage de Marie-Claire Dorian, n'y lut ni hostilité ni méfiance. Elle avait simplement l'air lasse.

— Vous seriez la dernière merveille parmi les nez, selon mon fils ? demanda cette dernière avec une désinvolture forcée.

— Je n'irai pas jusque-là, sourit Iris avec modestie.

— Je fais confiance à Armand. Et j'aimerais que l'on fasse affaire. Je cherche un nez, et je suis prête à mettre le prix. Je suis même disposée à vous laisser votre liberté et à vous acheter un ou deux brevets, des fragrances originales.

— Je veux bien essayer de créer un parfum pour votre maison. Ce serait un honneur.

Madame Dorian la soupesa un instant du regard, comme si elle doutait qu'Iris puisse se montrer à la hauteur.

— Nous avons essuyé beaucoup de revers ces dernières années, mademoiselle. Aucun nez n'a jusqu'à présent répondu à nos attentes, je dois bien l'avouer. Mais Armand m'affirme que vous avez du génie.

— Je débute.

— En tout cas, il est sous le charme…

Iris baissa la tête.

— Sachez, chère Louise – je peux vous appeler Louise, n'est-ce pas ? –, sachez que je suis très exigeante et que je ne me résoudrai à lancer un parfum signé Dorian que lorsqu'il sera digne de notre nom.

— Digne de votre nom ? demanda Iris avec une fausse naïveté.

— Oui, à la hauteur de ce que mon grand-père, mon père et mon frère ont su créer. Des trésors…

— Arrête, maman ! coupa Armand. Nous n'avons pas le monopole du génie.

— Nous l'avions ! rétorqua madame Dorian sur un ton qui n'admettait aucune contestation.

— Venez, Louise, dit Armand en soupirant. Je vais vous montrer votre chambre.

La façade de la bâtisse était agrémentée de balcons supportés par des balustres et des atlantes. Les nombreuses fenêtres étaient flanquées de volets de chêne bleus. Elles donnaient sur un jardin de plusieurs hectares à l'italienne, avec des haies basses, des fontaines et des bassins où des statues de Vénus trempaient leurs pieds. De centaine de rosiers et de lauriers s'élevait un parfum méditerranéen envoûtant.

Un perron courait le long des deux façades latérales de la maison, créant de vastes terrasses, ombragées de treilles et d'auvents, où l'on voyait des tables de jardin en fer forgé, de nombreux fauteuils d'extérieur et des guéridons en osier.

— Ici, on passe sa vie dehors, expliqua Armand avant de faire entrer Iris.

La porte était surmontée de cariatides soutenant une frise et un balcon. Au-delà, le hall, dallé en orange, était immense. Sur la droite s'ouvrait un grand salon lumineux, dans lequel Iris entrevit des chauffeuses et des banquettes de style Restauration, des meubles bas et des armoires vernies avec des fermoirs en fer forgé. Un escalier monumental prenait son envol dans l'entrée, sous une coupole, une rampe en ferronnerie courait le long du mur décoré de gypseries. Des jarres en terre cuite, peintes à la provençale, étaient chargées de fleurs fraîches, dégageant mille senteurs exquises.

Armand conduisit Iris au deuxième étage, dans un long couloir recouvert de moquette rouge et soyeuse.

— Voici votre chambre, dit-il en ouvrant une porte.

Iris pénétra dans une grande pièce aux murs chaulés jaunes ornés de gypseries représentant des éléments floraux. Elle se composait d'un bureau, de deux fauteuils confortables devant une cheminée et, au fond, dans une alcôve, d'un lit recouvert d'un édredon et de coussins multicolores.

— J'espère que cela vous conviendra, dit Armand.

— C'est parfait, murmura Iris, sous le charme.

Elle se sentait émue d'être dans la demeure où avait grandi son père.

— On nous attend pour le dîner à neuf heures.

— Très bien.

Armand lui montra le cabinet de toilette attenant avant de se retirer.

Iris prit place devant une superbe coiffeuse en bois doré. Elle contempla son reflet dans le miroir, se demandant ce qu'elle cherchait, ce qu'elle faisait là, doutant de son talent, ne sachant plus si elle avait envie ou non de créer un parfum merveilleux pour les Dorian. Et si elle en serait capable.

2

Iris avait besoin de marcher. Seule. Enivrée par deux journées passées à travailler ses compositions, à tâtonner, à s'isoler dans sa création, elle ressentait la nécessité de prendre l'air, de permettre à ses pensées de vagabonder en toute liberté dans la nature. Armand s'était rendu à Paris pour affaires et serait absent plusieurs jours. Cet éloignement était presque un soulagement pour Iris, qui pouvait le chasser de son esprit et se concentrer sur sa tâche sans que son cœur s'emballe comme chaque fois qu'elle le croisait.

Elle ne voyait Marie-Claire Dorian qu'aux repas du soir. Malgré la distance que celle-ci maintenait, Iris l'avait observée : c'était une femme de tête, énergique, orgueilleuse, qui en imposait par sa présence et qui dirigeait son entreprise avec compétence et passion – obsession, même ; il semblait que rien d'autre ne comptait pour elle que Dorian, Dorian, Dorian. Pourtant, à certains signes de nervosité, Iris devinait en elle une fragilité, comme si le prestige du nom était en jeu, comme si les fantômes du passé rôdaient autour d'elle et menaçaient de ruiner tout ce qu'elle avait construit.

Iris emprunta le chemin de terre qui menait à Saint-Vallier-de-Thiey. C'était un sentier à flanc de montagne au milieu des lavandes, des pins et de genêts en touffes. Elle vit bientôt Grasse s'étaler à ses pieds, groupée autour de son clocher, cernée par les plantations fleuries, comme dans un écrin.

Elle croisa des bories abandonnées, s'arrêta dans une petite clairière herbue que flanquaient deux érables. Elle s'assit un instant face à la mer, essoufflée, et s'épongea le front. Elle ôta son pull fin pour ne conserver qu'un bustier de dentelle à bretelles très fines. Sa promenade lui éclaircissait les idées. Elle laissa son regard caresser les couleurs de la plaine en contrebas, chercha au loin Nice et le cap Ferrat. Elle pensa à Hippolyte. Aimait-il se promener dans l'arrière-pays grassois ? Comment avait-il trouvé la force, le courage de tourner le dos à cette vie rêvée de parfumeur ? A ce pays si chaud, si odorant, si coloré, si doux ?

Elle redescendit à Grasse par un chemin qui sinuait entre des pâtures clôturées de murets en pierres sèches bordés de chênes-lièges, d'érables, de chênes verts et d'arbres à perruques. Un bruit de pas derrière elle la tira de sa rêverie. Elle se retourna et crut entrevoir une ombre. L'inquiétude la gagna, et elle pressa l'allure, coupa par deux hameaux. Toute la magie de sa promenade s'était dissipée.

Elle était en nage quand elle retrouva la grande demeure. Elle salua les deux gardes qui contrôlaient les entrées et refoulaient les curieux qui s'aventuraient régulièrement aux abords du domaine. On ne rentrait pas facilement dans l'antre des Dorian et, ce jour-là, Iris en fut soulagée.

Peu rassurée par l'incident de la promenade – se faisait-elle des idées ? –, Iris gagna aussitôt le calme de sa chambre, où elle pensait reprendre complètement ses esprits ; mais son inquiétude redoubla : elle eut d'abord des soupçons, à des détails anodins – un vêtement qu'elle ne se rappelait pas avoir jeté sur le lit – qui se transformèrent rapidement en certitude : on avait fouillé sa chambre. Ses notes n'étaient pas disposées comme elle les avait laissées, on les avait manipulées, feuilletées et replacées dans un ordre différent de celui qu'elle avait choisi.

Plus intriguée qu'inquiète, elle rejoignit Marie-Claire Dorian dans la salle à manger pour le dîner ; elle ne dit pas un mot de l'intrusion et se comporta comme si de rien n'était. Armand n'était pas là pour entretenir la conversation et le silence entre les deux femmes n'était brisé que par le cliquètement des couverts. Marie-Claire Dorian ne fit aucun effort pour la mettre à l'aise, mais son attitude ne différait guère de l'ordinaire et Iris, qui l'observait, ne remarqua rien qui pût alimenter ses soupçons.

— Vous savez quand rentre monsieur Armand ? finit-elle par demander d'un ton dégagé au moment du dessert.

— Dans trois jours, lâcha sèchement madame Dorian. Il a téléphoné cet après-midi.

— J'aurai sans doute des propositions à lui faire. J'ai créé trois fragrances que je compte lui soumettre.

— Je veux bien en avoir la primeur. Je n'ai aucun talent de créatrice, mais j'ai du goût.

Iris acquiesça.

— Suivez-moi.

Marie-Claire Dorian lui offrit un demi-sourire qui était déjà un encouragement et, qui sait, comme un début de complicité. Iris comprit qu'elle ne gagnerait la confiance de cette femme que si elle lui prouvait sa valeur. Elle devait se montrer à la hauteur, elle devait la convaincre qu'elle était une véritable parfumeuse. Elle croisa les doigts en traversant la grande cour. Elle espérait que ses flacons mis à l'essai la veille sauraient rassurer Marie-Claire Dorian sur son savoir-faire et sa bonne foi. Elle sentait bien que la mère d'Armand craignait qu'Iris ne soit une intrigante qui manipulait son fils.

Iris déverrouilla la porte du laboratoire et invita madame Dorian à entrer dans le local où elle avait laissé ses créations. Elle fit jouer l'interrupteur. Elle avait clos les volets pour conserver l'obscurité et la fraîcheur.

— Je ne suis pas venue souvent ici, confia Marie-Claire en prenant place sur l'unique chaise près d'une table en formica. Mon père travaillait dans le laboratoire de la maison, mon frère aussi.

— On est pourtant bien installés, ici, dit Iris en saisissant sur une étagère ses trois préparations.

Elle ouvrit un flacon d'une main mal assurée, cachant son émotion du mieux qu'elle pouvait. Marie-Claire Dorian le garda en main un long moment avant de l'approcher de son nez. Puis elle le posa sur la table sans prononcer un mot. Sans qu'un muscle de son visage frémisse.

— Voici le deuxième essai, dit Iris en lui tendant un autre flacon que l'autre huma avec tout autant de froideur et d'impassibilité.

Elle s'empara elle-même de la troisième préparation, la sentit et plaça le flacon à côté des autres sans prononcer un mot. Iris boucha les fioles et les rangea sur l'étagère, décontenancée.

— Rentrons, dit Marie-Claire Dorian en se levant.

Iris éteignit, ferma derrière elle et la rejoignit dans la cour, terriblement déçue. Marie-Claire l'attendait, raide comme une statue. Quand Iris fut à sa hauteur, elle lança :

— Je vous crois maintenant, ma petite, vous êtes un véritable nez. Armand a eu raison de vous faire confiance. Mais il faut encore que vous travailliez.

— Oui, je sais. Ce ne sont que des premières approches, des essais.

— Ils sont très bons.

Elles entrèrent dans la maison et reprirent place à table devant leur dessert qu'elles avaient abandonné pour rejoindre le labo.

— N'hésitez pas à me montrer vos créations à leurs différentes étapes, déclara Marie-Claire Dorian. Je peux vous conseiller. J'aime les parfums et je les connais.

— Je vous crois, répondit sincèrement Iris. Celui que vous portez est merveilleux.

Madame Dorian eut un sourire à la fois fier et triste.

— Ce parfum a été fait pour moi… par l'homme que j'aimais le plus au monde. Mon frère Hippolyte.

Iris tressaillit. Elle résista à l'envie de lui dire que, pour elle aussi, Hippolyte était l'homme qu'elle aimait le plus au monde. Elle fit un énorme effort pour ne rien montrer et rester impassible.

— Vous… vous n'avez jamais été mariée ? osa Iris, qui s'attendait à être vertement rabrouée.

— Non, confia Marie-Claire Dorian sans paraître offensée. Mon fils Armand est le fruit d'une amourette d'un soir, avec un jeune Italien venu pour la saison du jasmin. Je voulais un enfant, pas un mari.

Iris sourit à la remarque.

— Il faut dire que mon grand-père Médare ne tenait pas à accueillir dans la famille une pièce rapportée, poursuivit madame Dorian. J'étais enceinte, cela lui convenait. J'avais alors presque vingt ans. A l'époque, mon frère Hippolyte suffisait pour produire nos parfums. Il pouvait en concevoir un à deux par mois, toujours sublimes. Notre maison vit encore de ses créations, voyez-vous, qui continuent de se vendre très bien…

— J'en connais quelques-uns, oui, bien sûr…

— Je me souviens du soir où il a créé son chef-d'œuvre, « Diurne », reprit Marie-Claire Dorian en levant un regard absent vers le plafond. Il était rare que je le suive dans son labo. Depuis longtemps, notre père avait compris que je n'avais aucun talent de créatrice. Déjà, enfant, les essences m'écœuraient. Je n'ai pas reçu ce don… Mon père m'a orientée vers la gestion et il n'a pas eu à s'en plaindre… Cependant, un soir, Hippolyte m'a priée de le rejoindre, pour que je l'inspire, disait-il. Nous avions une relation fusionnelle. J'étais folle d'admiration pour lui, car, en sus de son nez exceptionnel, il avait une belle âme. Il était doté d'un talent particulier que tous les parfumeurs n'ont pas.

— Lequel ? demanda Iris, captivée par le récit et flattée de la confiance que lui manifestait son hôtesse.

— Il comprenait les femmes, il possédait une sensibilité, une douceur, une élégance dont peu d'hommes sont pourvus. Peut-être parce que nous avons grandi en symbiose, Hippolyte et moi. Ma mère était absente… ailleurs. Elle passait ses journées enfermée dans sa chambre. Mon père se réfugiait au laboratoire… Hippolyte et moi nous sommes élevés quasiment tout seuls, nous avons tout partagé. Et ce jour-là, j'ai compris qu'il avait du génie. Je ne l'ai plus jamais regardé de la même façon. Le jeune frère attachant et étourdi s'est transformé d'un coup en artiste accompli.

Elle marqua une pause avant de reprendre. Iris était pendue à ses lèvres.

— Il m'avait donc invitée dans son laboratoire. Pas celui que vous occupez, un autre, ici, au troisième étage. L'antre de mon père et celui de mon frère. Il m'a fait asseoir et il a sorti quatre tubes à essai. Il m'a expliqué qu'il avait imaginé ces fragrances pour moi, en pensant à moi. Il avait essayé d'illustrer à la fois ma vivacité, mon rire, la couleur de mes yeux et notre affection.

— Vous voulez dire qu'il associait des fragrances à des traits de caractère ?

— Oui, ou bien à un sentiment, une émotion. Pour lui, les parfums n'existaient pas en tant que tels, mais en tant que révélateurs. Un parfum se marie avec une personnalité et pas une autre, un moment et pas un autre, une émotion et pas une autre. Il a terminé de composer son prototype devant moi et a secoué la fiole pendant une heure. Puis il a ouvert et j'ai eu un cri de plaisir, de surprise, d'amour et de reconnaissance. C'était un parfum merveilleux. Il avait créé un mélange unique. D'essences naturelles et de muscs de synthèse. Depuis l'enfance, notre père le formait. Il a suivi ensuite de longues études de chimie à Marseille. Dans le même temps, notre grand-père Médare lui apprenait tout des fleurs et des essences naturelles. Il a aussi fait le tour du monde pour connaître les fleurs qui nous parviennent séchées : l'Inde, Israël, l'Egypte, l'Afrique du Sud.

Iris eut le souvenir fugace de ces soirées où Hippolyte lui racontait ses voyages pour l'endormir et la faire rêver.

— Hippolyte était l'alliance réussie du nez et du chimiste, poursuivit madame Dorian. Et je ne saurais dire où allait sa préférence. Toujours était-il qu'après qu'il eut créé ce premier parfum pour moi, mon père et mon grand-père ont commencé à croire vraiment en lui. Et il a produit d'autres parfums, toujours en pensant à une personne précise. Par exemple, lorsque ma mère mourut, il fit sa deuxième composition de génie. Il avait alors dix-sept ans. Nous n'étions pas très touchés par sa disparition, ma mère étant devenue quasiment invisible. Mais il a voulu lui rendre hommage. Il m'a demandé trois mots pour la caractériser le mieux, puis une couleur et un sentiment qui lui soient propres.

— Qu'avez-vous répondu ?

— Je m'en souviendrai toujours. J'ai choisi les mots : rêve, innocence et folie. Pour la couleur, le bleu et, pour le sentiment, j'ai dit l'indifférence. Hippolyte a fait une création étonnante, qu'il a appelée « Absence ». Et ce parfum, si vous le connaissez, est pourtant l'inverse de l'absence.

C'est celui qui demeure le plus longtemps sur la peau et les textiles.

— C'est celui que vous portez, n'est-ce pas ? Et Armand aussi ?

— Oui. Nous ne le commercialisons pas. Il est à nous. Il est notre odeur, notre signature. Par la suite, Hippolyte a multiplié les créations. J'adorais le regarder travailler dans le laboratoire de la maison.

— Il vous arrivait de l'accompagner au labo de chimie ?

— Non, jamais. C'était un endroit accessible à nos chimistes seulement, comme aujourd'hui d'ailleurs.

— Un certain Philippon a travaillé avec lui, n'est-ce pas ? tenta Iris.

Marie-Claire Dorian la fusilla du regard et se dressa, furieuse.

— Qui vous a parlé de Formand ?

— Je… j'ai vu son nom sur un brevet à l'institut.

— Il était aide-parfumeur chez nous avant de disparaître. C'est une triste affaire, mais ne me parlez plus jamais de lui. Il a tout brisé dans cette maison. Je le hais.

Marie-Claire posa sa serviette, se leva et prit congé d'un signe du menton. Atteinte. En colère. Peu importait : Iris savait que Philippon avait occupé une place importante dans la vie d'Hippolyte. Le lendemain, elle se renseigna sur sa famille dans le pays. Sa sœur vivait encore dans le voisinage.

3

Iris s'approcha en souriant de la femme qui ramassait les fleurs et qui lui lançait un coup d'œil de temps en temps en remplissant son panier à gestes rapides et délicats.

— Bonjour, madame, dit-elle quand elle fut à sa hauteur.

— Bonjour, répondit l'autre sans un regard pour Iris.

— Vous êtes la sœur de Philippon Formand ?

La femme s'immobilisa et leva les yeux sur la jeune femme.

— Oui…

— Je voudrais vous parler de votre frère.

— Je n'ai guère le temps, ma jeune amie. Voyez-vous, je suis payée au poids et mes jasmins ne pèsent pas lourd.

— Vous pouvez continuer à travailler et je peux vous aider.

— Vous savez cueillir la fleur ?

— Non, mais je vous ai observée.

Iris s'accroupit, prit une fleur avec précaution, sectionna la corolle, ôta les pétales et les jeta dans le panier.

— De quoi voulez-vous me parler ? demanda la femme.

— Je travaille pour les Dorian, je suis nez.

— Ah bon ? Ils ont réussi à recruter quelqu'un, ces vieux fous ?

Iris ne répliqua pas.

— Méfiez-vous, mademoiselle, reprit la femme en plongeant ses yeux dans les siens. Ces gens sont enfermés dans leur demeure et leur parfumerie comme dans un asile. Croyez-moi. Mon frère Philippon a été employé chez eux.

— Je sais, c'est de lui que je suis venue vous parler. J'ai retrouvé des formules de lui et son talent m'a surprise.

— Il était doué et il aurait pu faire une grande carrière, vous savez.

Elle interrompit sa cueillette, se dressa et s'essuya les mains sur son tablier en observant Iris avec curiosité.

— Je m'appelle Marie. Ravie de faire votre connaissance, mademoiselle.

Elle fit un grand geste circulaire.

— Nous n'étions pas une famille grassoise bien riche, mais mes parents avaient cette petite plantation, qui m'est revenue à leur mort. Nous sous-traitions pour les Dorian. C'étaient eux qui achetaient l'essentiel des récoltes au début du siècle et ils payaient bien. Mes parents avaient appris à connaître Simon Dorian, le fils cadet de Médare Dorian. Il était gentil et il avait de la considération pour notre métier. Il venait souvent voir mon père, lui demandait conseil sur telle ou telle fleur, faisait des expériences de culture sous serre avec lui. Il n'était pas méprisant comme les autres. Il savait sortir de son domaine et de son laboratoire pour aller vers autrui. Mes parents et toute la ville ont été peinés qu'il meure aussi jeune, comme ça, à la guerre, sans enfants, sans femme. Mon père craignait que le patriarche, Médare, qui vivait à Hambourg, ne vende l'affaire.

— Ce ne fut pas le cas, n'est-ce pas ?

— Non ! Au lieu de ça, il a choisi de venir ici et d'y rapatrier toutes les activités Dorian. Son fils Nathanaël s'est installé à Grasse avec sa jeune épouse, qui était enceinte. Çà, on ne les voyait pas souvent !

— Quel genre d'homme était Médare ?

— Je ne l'ai jamais vu. Il restait enfermé dans son laboratoire avec Nathanaël, son fils aîné. Mon père le voyait quand il lui apportait ses récoltes. Il disait que ce n'était pas un bavard, un type un peu austère, en permanence inquiet pour l'avenir de son entreprise.

— Il ne sortait donc jamais ?

— Non, mais je sais qu'il rendait régulièrement visite à sa fille Aude, restée à Hambourg. Il y allait une ou deux fois par an. Elle lui manquait beaucoup. Parfois, Nathanaël l'accompagnait.

— Et son épouse ? Marguerite Dorian ?

— Oh ! Pardonnez-moi l'expression, mais elle n'avait pas toute sa tête. De temps en temps, on la croisait par ici, quand elle promenait ses jumeaux. Je m'en souviens parce que j'avais le même âge que Marie-Claire et Hippolyte. Leur mère avait le regard dans le vague, ne répondait pas quand on lui parlait, semblait ne rien voir, n'être sensible à rien. L'air toujours absente. Son mari craignait qu'elle ne se perde et demandait souvent à une domestique de les suivre à distance.

— Qui était cette domestique ?

— Angelina, elle est décédée maintenant. On peut dire que c'est elle qui a élevé Marie-Claire et Hippolyte. Madame Marguerite a présenté assez jeune des signes de folie. Elle est morte l'année des dix ans des jumeaux. Elle vivait recluse dans sa chambre, paraît-il. A la fin, elle ne reconnaissait même plus ses enfants.

Marie secoua la tête pour exprimer sa pitié avant de poursuivre :

— Mon frère Philippon a eu la chance, ou plutôt la malchance, d'avoir le goût des parfums. Mon père s'en est ouvert à Nathanaël, qui cherchait justement un apprenti pour assister son fils Hippolyte qu'il formait lui-même et qui réalisait déjà des prouesses. Philippon est entré à leur service. Au début, il préparait les essences, les pâtes, les produits dont Hippolyte avait besoin. Peu à peu, Philippon a commencé à se familiariser avec les fragrances, à apprendre les ficelles du métier, et Nathanaël l'a embauché comme nez. Philippon s'est alors pris de passion pour la création. Il avait des étoiles plein les yeux quand il revenait ici le soir. Il pouvait discourir pendant des heures de l'art et de la magie des parfums, il sortait parfois dans les cultures pour écraser des pétales entre ses doigts et dormir avec leur senteur. Le lendemain, il se réveillait avec une idée de parfum en tête et filait chez Dorian sans même songer à avaler un café.

— Il a travaillé longtemps pour Dorian ?

— Oui. De 1937 jusqu'à la fin 1944. Il était bien payé. C'est pour cela qu'il m'a laissé ces terres à la mort de nos parents. C'était un garçon honnête, très bon, très doux.

— Que s'est-il passé ?

— Médare Dorian l'a licencié un beau matin, sans explication, avec interdiction d'entrer dans la propriété. Il a été banni, en quelque sorte. Il est resté cloîtré ici, dans sa chambre, pendant presque neuf mois. Désespéré. Il attendait.

— Hippolyte, n'est-ce pas ?

— Oui... avoua-t-elle en baissant les yeux. Il n'avait aucune nouvelle de lui. Puis monsieur Hippolyte est venu trouver mon frère, ici, dans notre maison. J'étais dans la buanderie, j'ai tout entendu. Il partait. Il quittait famille et métier. Tout. Il avait avec lui une petite fille, d'à peine quatre ans. Il pleurait.

— Cette fillette, c'était moi.

Iris n'avait pas hésité avant de se confier, car elle avait senti que Marie était sincère et qu'elle lui devait la vérité sans rien dissimuler.

— Hippolyte m'a élevée dans un petit port perdu de Bretagne, expliqua Iris. Il m'a aimée comme un père. Mais ce n'était pas mon père.

Marie posa sur elle un regard inquisiteur et circonspect.

— Hippolyte aimait Philippon, je le sais, reprit immédiatement Iris sur un ton rassurant. J'ai trouvé une lettre de votre frère dans ses affaires.

Marie détourna le visage ; tristesse, soulagement ou embarras ? se demanda Iris.

— Oui, et Philippon adorait Hippolyte, confirma Marie.

— Dites-moi ce que vous savez, je vous prie.

— C'est loin, mais je me souviens de vous, enfant silencieuse et effrayée, dans les bras d'Hippolyte. Il avait décidé de quitter Grasse incognito, très vite. Il voulait vous élever loin de sa famille. Il avait fait faire des nouveaux papiers avec son ancien patronyme, Elzeon, pour vous et pour lui. Il voulait couper avec les Dorian. Rompre. Il était venu faire ses adieux à mon frère, ce fut déchirant.

— Puisque je ne suis pas la fille d'Hippolyte, qui suis-je, Marie, qui suis-je ? Le savez-vous ?

— Je l'ignore, Louise. Tout ce qu'Hippolyte a dit, c'est que vous veniez d'échapper au pire. C'était Médare qui vous avait confiée à lui quelques mois plus tôt… Hippolyte nous a demandé de l'emmener à Nice d'où il prendrait un bateau, il ne savait pas pour quelle destination encore. C'est moi qui l'ai conduit pour ne pas éveiller les soupçons. Il a fait promettre à mon frère de ne pas chercher à le retrouver.

— Philippon a accepté ?

— Oui.

— Et il l'a fait ?

— Oui. Mais d'une manière radicale. Aussitôt après le départ de son amour, Philippon s'est rendu à la falaise des Fous de Dieu et s'est jeté dans le vide.

Iris se souvint que son père lui avait parlé de cet endroit en pleurant.

— J'ai appris sa mort quand je suis revenue de Marseille le soir même. Je venais de vous laisser dans les bras d'Hippolyte avant votre embarquement prévu le lendemain matin tôt. Philippon avait laissé pour son amant une lettre expliquant son suicide. Bouleversée, j'ai repris la voiture pour la donner à Hippolyte en espérant que le paquebot ne serait pas encore parti. Je suis arrivée à temps. Un marin a porté la lettre à votre père, dans sa cabine.

Les deux femmes se turent ; Iris prit la main de Marie et la garda dans la sienne. Puis elle raconta son enfance à Nialvic, la mort d'Hippolyte. Le soir, elles dînèrent ensemble chez Marie, dont l'époux, pêcheur, était en mer ; leurs enfants de dix-huit et vingt ans vivaient là et l'aidaient aux cultures. Peu à peu, la conversation s'éloigna d'Hippolyte et de Philippon et perdit en gravité. Elles se surprirent à rire.

Au moment de prendre congé, Iris serra Marie dans ses bras et elles restèrent embrassées un bon moment, unies par la peine, par les souvenirs douloureux qu'elles avaient ravivés.

— Merci, murmura Iris.

Elle s'éloignait déjà quand Marie lui dit, d'un ton hésitant :

— Avant de vous confier à Hippolyte, Médare avait fait un voyage…

— Où ça ?

— Je l'ignore. Je l'ai vu embarquer avec une malle dans le port de Nice. Il est revenu une semaine plus tard, j'ai reconnu sa voiture qui roulait vers le domaine Dorian.

4

Depuis qu'elle était à Grasse, Iris attendait le moment propice pour pouvoir visiter le mausolée de famille qu'elle avait remarqué le jour de son arrivée. Elle n'avait pas osé demander l'autorisation à Marie-Claire Dorian, qui aurait sans doute très mal pris sa requête. Elle avait remarqué que la grosse clé du monument était rangée dans un tiroir du buffet dans le vestibule.

Ce soir-là, l'insomnie poussa la jeune femme à mettre son forfait à exécution. Elle s'arma de courage, sortit de sa chambre à pas de loup et s'empara de la clé. C'était une nuit sans étoiles et sans lune, elle dénicha une lampe de poche. Elle parcourut le chemin de terre qui conduisait au mausolée dans la pinède, à l'arrière de la propriété. Elle glissa la clé dans la serrure et la porte s'ouvrit dans un grincement. Sa lampe éclaira une nef étroite terminée par un autel taillé dans un bloc calcaire. Iris le contourna en l'effleurant des doigts et examina les plaques qui garnissaient les niches funéraires ; ici reposaient des générations de Dorian, depuis que le domaine existait.

Iris frémit dans l'obscurité en songeant aux cadavres qui gisaient là. Elle leva la lampe pour déchiffrer les noms. Les plus anciens dataient de l'époque où la famille s'appelait encore Elzeon. Elle découvrit celui de Simon Dorian, tombé au champ d'honneur ; au-delà s'alignaient les tombes de Marguerite, de Nathanaël et enfin de Médare.

Elle s'interrogea. Marguerite était-elle la première épouse de Nathanaël Dorian ? Comment était-elle morte ? La seconde épouse, Julia Herd, était-elle dans ce caveau, comme elle le pensait ? Elle fit courir la lampe sur la paroi et avisa une plaque vierge sur une niche pourtant occupée qui ne semblait pas très ancienne. Elle frissonna. Sans doute le corps de Julia Herd gisait-il là, anonymement.

Elle se frotta les mains avec nervosité ; le silence qui régnait et l'effraction qu'elle était en train de commettre autant que la mort qui l'entourait la mettaient mal à l'aise et elle se sentait sale. Elle se redressa et tourna les talons pour quitter ce lieu de désolation. Elle poussa un cri. Une ombre se profilait dans l'ouverture. Un homme l'observait sans bouger. Dans l'obscurité, elle ne discernait pas ses traits mais une voix puissante s'éleva :

— Il ne faut pas déranger les morts, sinon ils nous entraînent avec eux.

L'écho résonna sous la voûte du mausolée. Le timbre était éraillé, tel celui d'un vieillard. Elle en eut confirmation quand il s'éloigna : il avait le pas traînant, lui parvint le son d'une canne qui frappait le sol.

Elle s'enfuit sans se retourner et réintégra sa chambre ; elle eut besoin de prendre une douche avant de se coucher.

Le lendemain, elle se demanda si elle n'avait pas tout imaginé.

5

Il était plus de minuit et Iris était à l'ouvrage depuis le début d'après-midi. Elle était seule, rien n'aurait pu l'arracher au laboratoire. Marie-Claire Dorian lui avait généreusement offert d'y composer ses parfums, l'invitant dans ce sanctuaire familial où avaient œuvré Nathanaël et Hippolyte. Le matin même, elle lui en avait remis la clé comme si elle lui ouvrait les portes du paradis.

« C'est dans ce laboratoire que vous avez votre place ! » lui avait-elle dit, les yeux brillants d'espoir.

En effet, Iris se sentait inspirée par l'endroit. Il y avait là une atmosphère qui la galvanisait, sans doute la pensée qu'Hippolyte avait travaillé ici, qu'il y avait été heureux. De fait, la pièce était parfaitement agencée tout en conservant une atmosphère de repaire, de nid dans lequel il faisait bon se réfugier. Sur tout un mur, le papier peint jauni avait servi de tableau noir à Médare, Nathanaël et Hippolyte. Il était constellé de formules, de pensées, de notes qu'Iris passa un long moment à déchiffrer, non sans émotion quand elle reconnaissait l'écriture de son père. Peu à peu, elle se sentit de moins en moins comme une invitée et elle investit les lieux, commença à se sentir chez elle.

Elle s'attela à la tâche avec enthousiasme ; elle tenta de se détacher des écrits de son père qu'elle avait en mémoire pour donner libre cours à sa propre inspiration. Ce ne fut pas facile, mais elle se félicita d'avoir laissé les carnets d'Hippolyte à Aix. Elle s'efforçait de faire abstraction de l'empreinte et de l'influence de son père pour devenir sa propre maîtresse. Bientôt elle se prit au jeu ; elle ne voyait pas le temps passer, s'apercevait parfois avec surprise que la nuit était tombée et qu'elle avait oublié de se restaurer.

La magie du lieu opéra. Elle obtenait des résultats qui l'étonnaient elle-même.

On frappa discrètement à la porte. Elle sursauta, perdue dans son monde et dans sa solitude. Marie-Claire Dorian passa la tête et entra en murmurant :

— Je voudrais vous regarder travailler.

Elle s'installa dans l'unique fauteuil et l'observa en silence avec une curiosité discrète. Iris venait justement de composer une fragrance. Elle prit le flacon, s'approcha de madame Dorian et déposa une gouttelette sur son poignet en disant :

— J'aimerais votre avis sur ce parfum.

L'autre secoua son poignet avec grâce avant de le porter à son nez. Elle ferma les yeux et huma.

Elle resta immobile un instant avant d'ouvrir les paupières et de regarder la jeune femme.

— C'est bien, mais un peu... vulgaire.

— Qu'entendez-vous par vulgaire ? demanda Iris, piquée.

— Il manque un petit quelque chose, une note, un arôme, je ne sais quoi pour le mener à l'excellence. Une touche qui le démarquerait... qui lui donnerait du... du caractère. Vous voyez, ce que vous avez là, c'est comme un très bel homme qui ne serait que beau, sans esprit. On s'en lasse. Il faut ce petit plus qui donnerait du chien.

Iris réfléchit. C'était exactement ça, ce qu'elle s'évertuait à trouver depuis plusieurs jours sans mettre le doigt dessus, une note de fond qui donnerait à sa création un caractère original et inimitable, comme les parfums d'Hippolyte.

— Il y a deux types de bons parfums, reprit Marie-Claire Dorian. D'abord ceux qui sont seulement agréables, comme celui que vous me faites sentir...

— Et l'autre ?

— Le second, c'est un parfum qui, en plus, diffère de ce que l'on connaît, qui s'impose, dont on remarque la personnalité.

— Oui, c'est exactement ça, dit Iris, non sans dépit.

— Il ne faut pas vous décourager.

Marie-Claire Dorian se leva et s'approcha d'Iris. Elle lui prit les mains et lui sourit.

— Je voudrais m'excuser auprès de vous, Louise. J'ai été froide, j'ai été distante. Chat échaudé craint l'eau froide. Mais je sais maintenant que vous avez du talent. Que vous n'êtes pas une intrigante, une ambitieuse qui aurait voulu s'agripper à mon fils, beau et riche. J'ai confiance en vous. J'ai envie de travailler avec vous.

Elle reprit place dans le fauteuil et lui fit signe de reprendre ses activités. Elle observa Iris un moment en silence avant de murmurer :

— Combien de fois ai-je trouvé mon père Nathanaël au petit matin, assoupi dans ce fauteuil, ivre. Ivre de senteurs, ivre de whisky. Ivre de n'avoir pas réussi. Puis, soudain, nous l'entendions hurler de joie, en pleine nuit. Il nous réveillait tous et nous faisait goûter sa trouvaille, découverte souvent par hasard, en tâtonnant. Je me souviens de la fièvre qui brûlait alors au fond de ses yeux… Il restait debout jusqu'au matin, à attendre.

— A attendre ?

— Le jugement de Médare, que personne n'osait déranger en pleine nuit. Au petit matin, aussitôt qu'on percevait du bruit dans sa chambre, mon père se précipitait et tambourinait sur sa porte jusqu'à ce qu'il apparaisse enfin, ébouriffé, en robe de chambre. Il se glissait dans cette pièce et humait la création de Nathanaël. La Terre s'arrêtait de tourner jusqu'à ce qu'il donne son avis. Et il valait mieux qu'il soit positif, sinon mon père pouvait entrer dans une rage terrible ! Il jetait tout, brisait les flacons, détruisait ce qu'il avait passé des nuits et des nuits à mettre au point. Il devenait comme fou. Mais Médare était toujours franc. Quitte à déclencher la fureur de son fils.

— Et s'il était satisfait ?

— Mon père connaissait alors une période paisible, il était heureux. Il arrêtait de boire, il dormait, il avait de nouveau une vie sociale et semblait enfin nous voir. Mais ça ne durait jamais très longtemps. L'obsession le reprenait et il disparaissait dans son labo. Mon frère Hippolyte n'était pas ainsi quand il était à l'ouvrage. Il a toujours été calme, pondéré, raisonnable. Je ne l'ai jamais vu casser un flacon ni entendu jurer une seule fois. Il travaillait avec application et méthode, en rédigeant d'abord ses recettes dans le calme. Il n'avait pas hérité des démons de mon père. Il était du coup très productif et régulier. Je vous l'ai dit, il avait une forme de génie. Vraiment. S'il était là aujourd'hui, je serais comblée. Imaginez : Hippolyte à la création, moi à la gestion et mon fils au marketing. Nous aurions redonné à la maison Dorian une puissance sans égale…

Marie-Claire Dorian soupira. Iris se demanda si elle regrettait la mort de son frère ou si elle faisait le deuil de ses ambitions démesurées.

— Avec le recul, je pense que notre famille a connu son âge d'or avant-guerre. Médare était encore là, à superviser les affaires, à juger les compositions, à encourager ses deux parfumeurs, mon père Nathanaël et mon frère Hippolyte. Quand ils se sont mis à œuvrer ensemble, Nathanaël s'est calmé. Le fait de travailler avec Hippolyte le canalisait, le libérait. Il n'était plus seul avec ses angoisses. De plus, il était soulagé de savoir qu'il avait en Hippolyte un successeur. Son fils était un nez accompli, inventif, et un chimiste hors pair. Petit à petit, mon père lui cédait la place, sans aigreur ni jalousie. Il était rassuré et fier. Quant à Médare, il exultait. Avec Hippolyte, il avait le sentiment que la famille touchait les étoiles. Hippolyte était son prolongement, il avait mis à profit tout ce que Médare lui avait enseigné… Nous eûmes de belles années.

Elle se tut et baissa la tête, les yeux dans le vague.

Iris se détourna et posa le tube à essai ; elle avait à peine écouté la confession de Marie-Claire Dorian, obnubilée par sa préparation imparfaite. Quelle note pouvait-elle trouver pour caractériser le parfum, lui apporter une personnalité ? Elle songea aux recettes d'Hippolyte, aux ingrédients, aux dosages. Qu'est-ce qui faisait que ses compositions étaient si originales ?

Toutes avaient une particularité, maintenant qu'elle y réfléchissait : comme note de fond, Hippolyte choisissait souvent une note de tête, une essence qui normalement ne tient pas, donnant la première impression du parfum, une odeur volatile et légère qui, si elle était plus dosée, pouvait donner d'exceptionnelles notes de fond, plus persistantes.

Elle fit trois essais : une préparation avec en note de fond une essence de thym, une avec le musc, et tenta même un essai avec un extrait synthétique de rhum. Elle laissa reposer les flacons et mit un peu d'ordre dans le labo. Marie-Claire Dorian se taisait toujours, les yeux presque clos. Elle finit par saluer Iris en expliquant que ses somnifères faisaient effet, qu'elle tenait de Médare la sale manie de prendre des médicaments pour s'assommer. Iris l'entendit qui fermait sa chambre à l'autre bout du couloir.

Elle eut alors une intuition : c'était là l'opportunité unique de fouiller la chambre de Médare sans risque d'être surprise. Il fallait qu'elle poursuive son enquête. Vite.

6

Iris avait le sentiment de mal agir, d'abuser de la confiance de son hôtesse, mais, après tout, elle était venue à Grasse pour mettre au jour la vérité. Elle devait s'en donner les moyens. Plantée devant la chambre de Médare, elle hésita, puis finit par pousser la porte, se faufila, referma derrière elle avec précaution. A tâtons, elle trouva l'interrupteur. La lumière était trop vive. Elle se précipita sur une petite lampe posée sur un pupitre en bois de chêne lustré. Elle l'alluma et éteignit le plafonnier.

Elle s'assit sur le sofa et examina les lieux, mal à l'aise. Un grand lit occupait l'espace, ainsi qu'une armoire à doubles portes en chêne verni à côté d'un bureau. Au mur était accrochée une photographie de famille, qu'Iris détailla en approchant la lampe. On y voyait le patriarche, Médare, installé au premier rang dans un fauteuil, l'air solennel et grave. A ses côtés, debout, se tenait un homme barbu, plutôt corpulent, au regard exalté, sans doute Nathanaël. Il donnait la main à un adolescent qui fixait l'objectif en souriant. Hippolyte. Iris reconnut les yeux curieux et vifs, cette impression de réfléchir en permanence. Elle passa un doigt sur le cadre et caressa le visage de cet enfant qui serait son père, de cet homme qui était à la fois bon et génial, simple et secret. Qu'est-ce qui pouvait l'avoir brisé au point qu'il abandonne sa passion et sa famille ?

A la gauche du patriarche se dressait Marie-Claire Dorian. Elle regardait l'objectif avec aplomb, le visage fermé, héritière de la morgue familiale, déjà consciente de son appartenance à une lignée d'exception. Elle était un peu à l'écart. Un chien roux était assis devant elle. A l'arrière-plan, on reconnaît la terrasse de la demeure. Iris s'approcha encore plus près de la photo pour mieux distinguer les visages de Médare et de Nathanaël, qu'elle n'avait pu qu'imaginer jusqu'alors. Elle effleura à nouveau du doigt ces personnes qu'elle aurait aimé connaître. Elle perçut un grincement venant de derrière le cadre. Elle le souleva délicatement et la porte d'un coffre lui apparut. Elle frémit d'excitation. Elle entreprit de fouiller la pièce pour mettre la main sur la clé ; elle chercha dans les tiroirs, sous le matelas, dans l'armoire, débarrassée de ses scrupules, portée par la curiosité autant que par l'intuition qu'il y avait là les réponses à ses questions. Elle allait renoncer quand elle avisa une petite clé, presque invisible, fixée sous le cadre. Elle la glissa dans la serrure du coffre et la porte s'ouvrit dans un déclic. Elle dirigea la lampe sur le contenu. Elle vit d'abord beaucoup d'argent, des liasses de billets les unes derrière les autres, ce qui la surprit un peu. Il ne lui semblait pas que Marie-Claire Dorian était du genre à garder de fortes sommes chez elle. Elle approcha la lampe et s'empara d'une liasse : des marks qui dataient de bien avant la guerre et sans aucune valeur à présent. Elle tira du fond du coffre une boîte oblongue qu'elle déposa à terre. Elle contenait une série d'actes notariaux, signés par Médare Dorian. Les plus anciens étaient rédigés en allemand. Ils correspondaient à l'achat puis à la vente de la maison de Hambourg et du laboratoire de chimie. Iris tomba sur l'acte par lequel Médare léguait à sa fille Aude la demeure de Hambourg où elle vivait encore, et sur un autre, qui mentionnait les parents de Bauer, à qui Médare cédait une seconde maison située au nord de la ville, ainsi que des sommes exorbitantes.

De nombreux documents évoquaient la construction du laboratoire de Grasse. Iris dénicha enfin une enveloppe entrouverte et découvrit, éberluée, le testament de Médare. Elle s'assit sur le lit pour le lire :

Moi, Médare Dorian, né Elzeon, entier possesseur des domaines et demeures sis à Grasse, propriétaire-gérant des parfumeries Dorian, je lègue la totalité de mes biens à mes deux petits-enfants, Hippolyte et Marie-Claire Dorian. Deux comptes bancaires bloqués sont destinés à mes arrière-

petits-enfants, Iris Dorian, née le 15 mai 1942 à Grasse, et Armand Dorian, né le 11 janvier 1943 à Grasse, pour jouissance à leur majorité. Je désire reposer, comme mes aïeuls, dans le mausolée de ma propriété de Grasse.

Iris replaça le feuillet dans le coffret, ébranlée. Ainsi, Médare les avait couchés sur son testament, elle et Armand. Mais il n'en disait pas plus sur leurs origines.

Un pli fermé était adressé à Hippolyte. Il devait attendre là son retour, vainement. Elle l'ouvrit sans hésiter.

Mon petit Hippolyte,

Je ne sais pas si tu liras cette lettre un jour. J'ai tellement espéré ton retour, je l'espère toujours, même si je ne suis plus le même homme. J'ai vieilli. Je ne crois plus en rien. L'énergie qui m'habitait a disparu. Moi qui dévorais la vie à pleines dents, je n'ai plus le goût à rien. A quatre-vingts ans passés, alors que la mort me talonne, je me retourne et ne vois qu'incertitudes et remords. A quoi bon ? Je te regrette. Ton départ m'a dévasté, je l'ai vu comme un crime – mon crime. Dorian a perdu son âme, et moi j'ai perdu plus, c'est toi que j'ai perdu, Hippolyte. Où es-tu ? Comment vis-tu ?

Je voudrais me réveiller un matin et entendre le bruit des flacons dans le laboratoire, me lever et te regarder travailler, sérieux et concentré. Tu avais toujours une fragrance à me faire juger, une huile à me soumettre, un conseil à me demander, un assentiment à quémander, et je me rends compte que c'était ma raison de vivre. Mon aboutissement. Tu as été ma plus grande fierté et ma plus grande réussite. Ton père avait le don, mais il n'avait pas ton équilibre.

Les plus belles années de ma vie, je te les dois. Former un parfumeur, c'est un peu comme apprendre les gammes et les arpèges à un futur musicien. Mais il y a quelque chose qu'on ne peut pas transmettre : l'âme d'artiste. J'ai compris très tôt que tu l'avais en toi. Et que tu serais un grand maître.

Pendant ton apprentissage, j'ai veillé à te laisser la bride sur le cou pour ne pas tuer ta créativité. Je t'ai fait parcourir le monde, je t'ai laissé suivre toutes tes intuitions sans jamais les entraver. J'ai fait confiance à ton talent que je sentais mûrir. Je n'ai pas réitéré avec toi l'erreur que j'ai commise avec ton père Nathanaël, avec lequel j'ai été trop dirigiste, trop exigeant, rien ne me paraissait assez bien pour Dorian, Dorian encore, Dorian toujours.

Il manquait deux qualités principales à ton père : l'imagination et l'indépendance. Les parfumeurs sont comme les bons écrivains, les bons musiciens, les bons acteurs, les bons peintres : ils savent traduire leur époque avec leur émotion. Un parfumeur n'est rien sans curiosité et sensibilité. Tu avais tout.

Je maudis cette fichue journée où tu as compris le secret que cachait Salomon. Mais notre histoire est compliquée. Je n'ai pas voulu te la raconter, j'ai eu tort. Tu l'as découverte tout seul, tu ne l'as pas supportée, tu es parti.

Nous sommes une lignée dont nous ne pouvions laisser éteindre le nom. Voilà tout.

Je n'ai jamais eu honte d'être juif. J'ai pris le nom de Dorian pour l'image de l'entreprise, pour son prestige. Avec le mariage de ta tante Aude avec Bauer, j'ai voulu mêler notre sang à celui de cette prestigieuse famille allemande, j'ai ignoré l'ombre du nazisme qui allait recouvrir l'Europe… J'ai voulu être habile, agir pour le bien de la famille, et je me suis trompé. J'ai été pris dans un cercle vicieux. Tu n'as pu supporter la vérité, mais le temps plaidera en ma faveur, peut-être parviendras-tu à me comprendre. Maintenant que tu as cette enfant avec toi, tu mesureras combien on cherche, toute sa vie, à protéger les siens. Coûte que coûte.

J'espère que ton amour pour la petite Iris sera aussi puissant que celui que j'ai toujours éprouvé pour ta sœur et toi. Vous êtes ma fierté et mon réconfort. Tu as toujours pansé mes plaies. Et sans doute plus que si tu avais été de mon sang. Mais j'ai fait plus que vous sauver, toi et Marie-Claire, je vous ai aimés comme les miens. Mieux que les miens. C'est pour ça que je n'ai pas hésité à adopter deux autres enfants pour assurer notre descendance. Le nom de Dorian, son prestige, son avenir m'importaient plus que tout ; par orgueil, j'ai recomposé notre famille ; par lâcheté, j'ai agi en secret et me suis enferré dans mes tromperies. Pour Dorian, toujours, pour le parfum.

Où que tu sois, Hippolyte, ne t'arrête jamais de créer. Ce sera mon immortalité.

Iris resta un moment immobile, touchée par l'émotion de la confession. Médare mentionnait deux enfants adoptés. Il s'agissait d'elle, mais aussi sans doute de ce petit garçon enlevé dans la Fontaine de vie de Bauer. Armand ? Et elle, qui était-elle ? D'où venait-elle ?

Iris fouilla au fond du coffre, y trouva des livres et des liasses de parchemins très anciens. Il y avait là des archives laissées par les parfumeurs Elzeon, sur plusieurs générations. Elle feuilleta avec précaution ces précieux documents : un traité sur les encens religieux rédigé en latin, un manuscrit médiéval sur les plantes et les fleurs d'Europe centrale de la main d'un Samuel Elzeon. Il y avait le livre du parfumeur royal Césaire Elzeon, en très bon état, enrichi de gravures et de croquis. Iris trouva aussi un recueil des recettes de Hyacinthe Elzeon, parfumeur à la cour de Louis XV. Des actes notariaux attestaient de l'ascension de la famille Elzeon au cours du XIXe siècle : l'acte d'achat des terres de Grasse, celui des laboratoires de Hambourg, ceux de plusieurs boutiques à Paris, Londres et Munich.

Elle tira enfin du coffre un épais dossier médical consacré principalement au diabète de Médare, qu'il surveillait de près. Iris le feuilleta distraitement avant de tomber sur un document concernant Marie-Claire, et qui révélait sa stérilité irrémédiable.

Armand n'était pas le fils de Marie-Claire. Comme les autres, il avait bel et bien été adopté.

Mais rien ne prouvait qu'Iris et lui n'étaient pas liés par le sang.

7

Iris ne trouvait pas le sommeil, l'esprit encombré par les révélations qu'elle avait découvertes. Elle se leva et rejoignit le laboratoire pour surveiller ses préparations qu'elle avait mises en pause. L'une était très prometteuse et prenait peu à peu une odeur inimitable. Elle ouvrit en grand la fenêtre et respira avec exaltation les senteurs de la nuit méditerranéenne. Elle enfila un pull et son jean, chaussa ses mocassins et descendit à pas feutrés les grands escaliers de la maison. Elle fit quelques pas dans le parc. La lune était pleine et paraissait la guetter de son œil lumineux. Il lui semblait entendre la mer au loin. Le calme l'envahit. Elle avait du mal à ne pas songer à Armand. Elle aurait aimé qu'il soit là, près d'elle.

Soudain, elle tressaillit. Trois ombres furtives venaient de passer devant elle sans la voir. Elle se dissimula derrière une haie et tendit l'oreille. Elle discerna des bruits de pas sur le gravier devant le laboratoire. Une lumière clignotait en bas de la propriété, juste avant le portail de l'enceinte où les visiteurs avaient garé leur voiture. Le gardien n'avait pas donné l'alerte et semblait même leur avoir ouvert les portes. Iris se faufila derrière le bosquet pour les suivre. Ils approchèrent de la porte arrière du laboratoire. L'un d'eux avait une sacoche. Il portait un costume et paraissait âgé. Les deux autres étaient jeunes et arboraient l'uniforme de la marine française.

Iris retint son souffle. La dernière fois qu'elle avait vu ces uniformes, c'était à Nialvic, le jour de l'assassinat de son père et la veille de la mort d'Hortense. L'homme en civil frappa trois coups secs à l'entrée latérale du laboratoire en prononçant une phrase en allemand. On ouvrit. Les trois hommes s'engouffrèrent dans l'antre de Salomon et la porte blindée se referma derrière eux dans un claquement métallique. Iris resta tapie sans bouger à s'interroger. Quand ils passèrent non loin d'elle, pour repartir, elle les observa et reconnut le commandant qui avait fait danser Hortense au bal.

Le lendemain, elle rejoignit Marie-Claire Dorian, qui prenait son petit déjeuner sur la terrasse, se servit un thé et demanda :

— J'ai entendu des bruits de pas cette nuit, et celui d'une voiture près de l'enceinte. Armand serait-il rentré ?

— Non, ma chère.

— Peut-on pénétrer de nuit dans la propriété ?

— Non. Ne vous inquiétez pas, ma jeune amie. Notre gardien veille et le portail est protégé par un cadenas à code.

— Qui le possède ?

— Les domestiques, le jardinier, les trois chimistes. Salomon, mais lui ne sort jamais. Les ouvriers et les ouvrières de la flaconnerie et de l'expédition. Vous, moi et Armand. Voilà tout. Mais pourquoi toutes ces questions ? Vous avez peur ?

— J'ai entendu des voix cette nuit près du laboratoire.

— Oh, rassurez-vous. C'est sans doute le vieux Salomon. Un brave type, qui fut un grand chimiste et un ami de mon père. On l'a recueilli ici après la guerre. Il a survécu aux camps de la mort… Il n'en est pas ressorti indemne et nous le savons délirant. Il a parfois des crises nocturnes. Il raconte qu'il parle aux morts, à ses morts. S'il venait à vous adresser la parole, à vous suivre, ne le craignez pas. Prévenez-moi, c'est tout.

8

Iris partit en voiture en fin d'après-midi pour Aix. Janine l'avait appelée la veille : Iris devait rentrer pour signer des papiers importants et surtout pour réapprovisionner les trois parfums qui étaient près de la rupture de stock. Antoine avait refusé de relancer la production en l'absence d'Iris.

La nuit était tombée quand elle se gara devant la boutique au rideau baissé. Elle ouvrit, pénétra dans le magasin désert et silencieux, jeta un coup d'œil sur les comptes et signa tous les documents que lui avait préparés Janine. L'activité commerciale était excellente, mais il fallait d'urgence s'occuper des trois articles qui menaçaient de manquer. Iris ne comprenait que trop bien ce que cherchait Antoine et elle lui en voulait de ce chantage.

Le lendemain, elle se rendit au laboratoire d'Aubagne à l'aube et attendit le jeune homme. Il arriva à huit heures, pâle, les yeux cernés. Iris se calma un peu en le regardant par la fenêtre sortir de sa voiture. Elle mesura sa tristesse. Il fit une halte devant la Dauphine, paraissant prendre conscience qu'Iris était là. Il se passa une main dans les cheveux et prit une profonde inspiration. Il frappa à la porte du bureau de la jeune femme.

— Pourquoi tu me fais ça ? lui lança celle-ci aussitôt en se levant de son fauteuil.

Il resta sans mot dire à la regarder.

— Tu es chargé de la production des parfums. C'est ton travail.

— Pourquoi ne m'as-tu pas appelé ou écrit ? finit-il par murmurer.

— C'est une faute professionnelle, Antoine ! s'écria Iris, qui ne voulait pas le suivre sur le terrain de leur relation sentimentale.

— Tu n'as pas le droit de me jeter comme ça, Louise, comme une paire de chaussettes trouées.

— Pas de ça, Antoine. Je suis ta patronne. Je suis prête à passer l'éponge si tu te comportes comme mon employé, et rien que mon employé.

— Non. Impossible.

— Alors, je te licencie.

— Puisque tu ne veux plus de moi, c'est mieux. Je ne supporterais pas de poursuivre avec toi, de te côtoyer sans pouvoir te toucher. Je t'aime.

— J'ai toujours été claire, Antoine. Tu es charmant, je t'apprécie beaucoup, mais je ne t'ai jamais donné d'espoir, répliqua-t-elle avec douceur.

Il se détourna et articula faiblement :

— Tu auras ma lettre de démission demain. Passe par Janine pour les formalités, je t'en supplie. Je ne veux plus te voir. Cela me fait trop mal.

Il quitta la pièce d'un pas mal assuré. Iris entendit démarrer sa voiture. Elle faillit lui courir après, afin de s'excuser d'être aussi dure, mais elle se raisonna et ne bougea pas. Elle attrapa son téléphone.

— Marie-Claire, c'est Louise.

— Vous êtes bien arrivée, ma chère ?

— Oui, mais j'ai un problème. Mon chimiste vient de démissionner. Je n'ai personne pour le remplacer. Vous pouvez m'envoyer un des vôtres pour quelques jours ?

— Bien entendu. Je vais prévenir Rodolphe. Il sera enchanté de quitter Grasse pour Aix, ça le changera d'air.

Iris ne quitta pas le laboratoire de la matinée ; elle effectua du rangement tout en réfléchissant à de nouveaux projets.

Elle revint à la boutique, où elle retrouva Janine, Sarah et Méline, avec qui elle déjeuna. Elle les informa du départ d'Antoine, et ses amies ne lui posèrent pas de questions. C'était inutile, elles avaient compris. Pendant l'absence d'Iris, le chimiste était passé presque chaque jour à la boutique pour savoir s'il n'y avait pas de message ou de lettre pour lui.

— J'ai été dure, mais c'est mieux comme ça, dit simplement Iris. Il n'a pas voulu rester dans l'entreprise après notre rupture, c'est son choix.

Il fallait se mettre en quête d'un nouveau chimiste. Janine allait s'occuper du recrutement. Puis elles discutèrent de l'activité, des aménagements de la boutique pour la nouvelle saison.

— Nous diras-tu enfin pourquoi tu as accepté de produire un parfum pour les Dorian ? demanda Sarah. Tu n'as rien à y gagner.

— Le partenariat avec la maison Dorian nous ouvrira les portes du marché international. Je te l'ai déjà dit.

— Arrête de nous raconter des salades, Louise, répondit Sarah avec un demi-sourire. Nous exportons déjà, nul besoin des Dorian. Nous avons de bons résultats aux Etats-Unis et au Japon.

— Rien à voir avec la force de frappe de Dorian, objecta Iris. Vous verrez !

— Moi, je crois qu'il y a une autre raison, que tu as une autre motivation, glissa Méline avec un clin d'œil.

Elles éclatèrent de rire. Iris les regarda, perplexe.

— Armand Dorian est passé au magasin ce matin, dès que sa chère maman lui a dit que tu étais revenue pour quelques jours à Aix. Nous ne sommes pas dupes ! dit Sarah.

Piquée, Iris se leva de table.

— Ce n'est pas du tout ce que vous croyez ! dit-elle fermement. Pas du tout ! Je cherche autre chose auprès d'Armand et de sa mère.

Elle sentit que son visage s'empourprait et s'éloigna rapidement pour cacher sa confusion. Elle ne retourna pas à la boutique et profita de son après-midi de liberté pour courir les magasins d'Aix, ce qu'elle n'avait jamais fait depuis son installation. Elle redécouvrit le plaisir de penser à elle-même, de renouveler sa maigre garde-robe. Elle se l'avoua : elle était animée, malgré elle, par l'envie de plaire, de séduire. L'image d'Armand ne la quittait pas. Cette pensée était à la fois agréable et terrifiante : elle n'était certaine de rien, concernant leurs origines.

9

Rodolphe, le chimiste des Dorian, se présenta à la boutique à l'ouverture le lendemain. Iris l'emmena au laboratoire d'Aubagne, où il logerait et travaillerait. Elle le mit au courant de son fonctionnement. Il se mit au travail aussitôt. La production repartit, mais il faudrait encore trois ou quatre jours avant que les stocks reviennent à un niveau acceptable. Iris ne décolérait pas contre Antoine, même si, au fond, il lui faisait pitié.

Elle était enfermée dans le laboratoire, à tenter quelques fragrances, par réflexe, par habitude, quand on frappa à la porte. Elle tourna le verrou et se trouva face à Armand.

— Je venais vous chercher pour dîner, miss Leclerc. On m'a dit que vous étiez ici.

Iris sentit une onde de bonheur l'envahir, comme chaque fois qu'elle était en présence d'Armand. Elle sourit et le fit entrer dans son bureau.

— Je vous laisse patienter, je vais me changer.

Dans le vestiaire, elle ôta sa blouse avec nervosité avant d'enfiler sa petite robe rouge. Elle chaussa ses escarpins assortis et fit une halte devant le miroir. Elle se recoiffa vaguement, se maquilla et regagna le bureau. Armand la rejoignit dans le couloir. Elle lui prit le bras, cherchant le contact de sa peau contre la sienne. Au moment de sortir, ils tombèrent nez à nez avec Antoine, qui s'immobilisa ; son regard passa de la surprise à la tristesse, puis à la haine.

— Je viens récupérer mes affaires, dit-il sèchement.

— Je t'en prie, dit Iris, gênée.

Armand s'écarta de quelques pas, discret, afin de ne pas troubler Iris dans une affaire qui ne le regardait pas. Antoine jeta un coup d'œil méfiant et hostile dans sa direction et lança, d'une voix sourde qu'Iris ne lui connaissait pas :

— Je comprends mieux tes réticences.

— Ce n'est pas ce que tu crois, répondit-elle vivement. Armand est un ami. Il dirige les parfumeries Dorian.

— Je connais monsieur Dorian ! jeta Antoine avec mépris.

Il fit mine de s'éloigner, se retourna, rattrapa Iris et ajouta d'un ton rude :

— Méfie-toi, Louise. Il est tout sauf ton ami.

Iris ne comprit pas cette remarque. Antoine ajouta, dans un murmure fielleux :

— Un ami ne fouillerait pas ton bureau !

Iris rejoignit Armand, mal à l'aise. Il y avait de la sincérité dans les paroles d'Antoine. Elle ne savait que penser.

— Vous connaissez Antoine ? demanda-t-elle à Armand quand ils furent installés dans la voiture.

— Je l'ai croisé à l'institut, c'est le neveu de Givaldie.

— Il n'a pas l'air de vous apprécier.

— Je crois surtout qu'il est jaloux, non ? précisa Armand dans un sourire.

Iris rougit et éluda la question. Ils dînèrent à Aix, sur la grande place, et déambulèrent longuement sur les boulevards, bras dessus, bras dessous.

— Pourquoi suis-je aussi bien avec vous ? déclara Armand à voix basse alors qu'ils faisaient une pause sur un banc.

Il tourna son visage vers celui d'Iris et approcha ses lèvres. Iris se dressa promptement. Elle savait qu'elle ne résisterait plus très longtemps. Il leva vers elle un regard interloqué.

— Qu'est-ce qui ne va pas, Louise ?

— Je vous jure de vous le dire bientôt.

Ils rejoignirent la voiture sans une parole. Le charme était rompu. Iris avait envie de pleurer.

10

Iris était descendue à la plage, non loin de Nice. Elle en rêvait depuis son retour à Grasse. Voir la mer. Sentir la mer. S'y plonger. Elle trouva facilement la petite crique que lui avait conseillée Marie-Claire Dorian. Une anse magnifique, avec une plage de galets ronds et des pins qui paraissaient vouloir pénétrer dans l'eau. Il était tôt, à peine neuf heures. La veille, elle avait humé ses trois préparations à maturité et elle les avait aimées, surtout celle avec le musc. Elle les avait présentées à Marie-Claire Dorian, qui les avait senties aussi, longuement. Elle avait dit à Iris, suspendue à ses lèvres :

« Vous y êtes, chère Louise, vous y êtes ! Je signe ! »

Iris se déshabilla et entra dans l'eau. La fraîcheur sur sa peau et l'odeur iodée firent remonter un flot de souvenirs de son enfance. Elle nagea. Très loin. Elle oubliait tout, ses parfums, ses doutes, ses angoisses, ses peines, son entreprise à Aix où il faudrait bien qu'elle revienne pour organiser son expansion. Sarah écrivait et téléphonait souvent. Un bâtiment était à vendre, qui pourrait être rapidement transformé en unité d'embouteillage. N'était-ce pas prématuré de l'acquérir ? Croître trop rapidement pouvait se révéler périlleux. De plus, elle tenait à honorer ses engagements auprès des Dorian.

Armand. Elle l'espérait. Elle l'attendait. Elle ne pouvait se voiler la face plus longtemps, elle aurait pu travailler plus vite et rentrer, mais elle répugnait à s'éloigner de lui. Et elle voulait savoir. Tout comprendre. Son enquête était loin d'être achevée et des questions nouvelles étaient apparues.

Elle distingua une silhouette sur le rivage. Son cœur se serra. Une onde de bonheur l'envahit. C'était lui.

— Ma mère m'a dit que je vous trouverais là ! cria-t-il depuis la plage.

— Venez, elle est bonne !

Il se dévêtit. Il avait un corps fin, musclé, de larges épaules. Il entra dans l'eau et rejoignit Iris dans un crawl souple. Parvenu à sa hauteur, il plongea son regard bleu dans ses yeux.

— Je crois que je vous aime, dit-il simplement.

Iris disparut sous l'eau, grisée de bonheur, et réapparut plus loin, criant :

— Faisons la course ! Le premier à la plage !

Elle s'élança, nagea aussi vite qu'elle put, mais elle sentit bientôt qu'Armand l'attrapait par les pieds et la maintenait sur place. Ils rirent et poussèrent des exclamations de joie, comme deux enfants qui jouent. Ils restèrent un moment à se contempler, à s'effleurer sous l'eau, à se toucher, à se repousser, comme une danse avant l'étreinte. Iris sentait le désir la submerger. Elle fut la première à retrouver la plage. Quand Armand regagna le rivage, il s'allongea près d'elle en regardant le ciel.

— Et vous, Louise ? demanda-t-il.

— Quoi donc ?

— Vous m'aimez ?

— Je ne sais pas si j'en ai le droit.

— Vous êtes fiancée, c'est ça ?

— Oui.

— Tant pis ! lança-t-il avec une bonne humeur forcée. Vous finirez par m'aimer, moi ! Je ne vous lâcherai pas !

Il rit et s'étira avec un soupir d'aise. Ce fut alors qu'Iris vit la marque sur son bras, pratiquement sous l'aisselle.

Armand avait le même tatouage indélébile que le sien : deux traits parallèles, joints par une courbe. Elle suffoqua.

— Qu'est-ce qu'il y a ? demanda Armand.

— D'où… d'où tenez-vous ce signe ? bredouilla Iris en désignant la marque.

— Oh ! Mon grand-père Médare, le jour de mon baptême, n'a rien trouvé de mieux que de me faire tatouer cette lettre. L'appartenance à la lignée des Dorian, paraît-il. Nathanaël, Marie-Claire et Médare ont la même. C'est une tradition qui remonte aux Elzeon.

Iris déglutit, se releva, ramassa sa serviette et fila sans ajouter un mot. Il la rattrapa alors qu'elle s'engouffrait dans la voiture.

— Que se passe-t-il, Louise ? Vous devez me dire pourquoi vous me fuyez ! Pourquoi ces réactions incompréhensibles ? Hein ?

— Je vous dirai tout, je vous le jure, j'ai besoin de temps !

Elle claqua la portière et démarra, le laissant perplexe. Elle s'arrêta en route pour vomir. Accablée.

Armand lui était interdit.

Ils étaient du même sang.

11

Iris travailla tout l'après-midi dans le laboratoire du troisième étage. Elle conserva une fragrance sur les trois qu'elle avait tentées, ajouta de l'alcool et prépara des échantillons de parfums mais aussi d'eau de parfum, moins intense. Les résultats étaient bons, même très bons. Pour la première fois, elle se considéra comme une parfumeuse. Elle n'avait pas eu besoin des notes d'Hippolyte.

Armand frappa à la porte en fin de journée. Il entra, un pâle sourire aux lèvres.

— Ma mère m'a dit que vous aviez des parfums à nous proposer.

Il fit quelques pas en balayant l'espace du regard.

— Vous vous sentez bien, ici ? demanda-t-il.

— Oui.

— Pas moi. Je me sens cloîtré.

— Il faut s'isoler pour bien travailler.

— Je suppose que c'est vrai. Mon grand-père passait des heures dans cette pièce.

Iris prit le flacon d'essai d'eau de parfum, moins fort que le parfum lui-même, et déposa une goutte sur le poignet d'Armand. Il leva la main et huma, les paupières closes, sans prononcer un mot.

— Sublime, dit-il enfin.

— Vous trouvez ? demanda Iris, les yeux brillants.

— Oui, vraiment. Il est digne de Dorian.

— Et celui-là ?

Elle lui tendit un mouchoir sur lequel elle avait déposé une goutte de parfum pur.

— J'aime énormément, dit Armand. Il a la même base que le précédent, non ?

— J'ai changé les notes de tête. Elles sont plus prégnantes.

Armand posa sur Iris un regard grave qu'il accompagna d'un demi-sourire.

— Vous avez réussi, Louise. J'ai toujours cru en vous.

— Je suis heureuse d'avoir réussi. De m'être émancipée.

— Emancipée ? De qui ?

— Je me comprends.

Il attendit, en espérant davantage, mais Iris éluda en disant :

— Armand. Je voudrais faire un parfum pour vous.

Il haussa les sourcils, décontenancé, avant de hocher la tête sans mot dire.

— Pouvez-vous rester là, près de moi ? Il faut que je puisse vous voir, sentir votre présence.

Il prit place dans le fauteuil et la regarda travailler. Elle choisissait les huiles essentielles, les extraits, les dérivés en fonction de ce que cet homme lui inspirait. Elle essaya des notes de cœur douces et sucrées, des notes de fond musquées. Elle voulait aussi de l'ambré et du bois. Elle fit les mélanges, secoua les pipettes, remplit deux flacons d'essais. Elle les mit en pause avec mille précautions.

Armand brisa le silence en déclarant d'une voix douce :

— Pourquoi ai-je l'impression de vous connaître depuis longtemps ? Que je vous attendais, que je vous espérais ?

Iris hésita, puis elle lâcha :

— Je ressens la même chose.

— Pourquoi me repoussez-vous ? Dites-moi la vérité.

— Pas encore.

Elle secoua encore un peu le mélange et le lui fit sentir. Armand garda un moment son poignet sous le nez.

— C'est moi ? demanda-t-il.

— Quoi donc ?

— Ce parfum, vous l'avez fait pour moi ?

— Oui.

— Je l'aime. Et je vous aime.

Il l'attira contre lui et la serra dans ses bras, la tête sur son épaule. Il n'essaya pas de l'embrasser, respectant ses réticences. Prenant le peu qu'elle lui accordait. On frappa. Armand relâcha son étreinte et s'écarta. Marie-Claire Dorian entra pour leur annoncer que le dîner était servi, prétexte pour satisfaire sa curiosité.

— Sens ce que Louise vient de me faire tester ! s'écria son fils en tendant le poignet où elle avait mis une goutte du précieux mélange.

Madame Dorian huma et un petit sourire naquit sur ses lèvres.

— Intéressant, troublant. Avec de la maturité, je crois qu'on obtiendrait une eau de parfum magnifique, racée, masculine.

— Pour hommes ! Exactement ! s'écria Iris. J'ai fait la fragrance en l'imaginant sur un homme.

Marie-Claire Dorian partit d'un rire flûté.

— Un parfum pour hommes ? Chez Dorian ? Cela ne s'est jamais fait.

— Parfaitement ! C'est l'avenir ! Celui que j'ai créé et que je commercialise rencontre un grand succès, se défendit Iris. On ne propose aux hommes que des eaux de Cologne ou des après-rasage vulgaires.

— Cela nuirait à l'image de la maison, déclara Marie-Claire Dorian.

— Il faut savoir évoluer, intervint Armand. Moi, je me parfume ! Et je suis un homme, non ?

— Passons à table, nous en parlerons.

Le dîner fut gai et animé. Ils parlèrent de commercialisation, d'embouteillage, et se disputèrent aimablement sur le nom du parfum. Ils décidèrent de lancer la production dès le lendemain. Puis on testerait et on déciderait du sort du deuxième parfum créé pour Armand. Il reposait toujours.

— Ainsi pourrai-je pénétrer dans le laboratoire Dorian, dit Iris en souriant.

— Oh ! Vous travaillerez avec Rodolphe et ses acolytes, la corrigea Marie-Claire Dorian. N'espérez pas passer la porte de l'unité gérée par le vieux Salomon. Il en ferait toute une maladie, bien qu'il ne soit plus capable de faire grand-chose. Il est presque aveugle.

— Vous le gardez par charité, si je comprends bien, remarqua Iris d'un air innocent.

— Plus que ça, il a rendu de loyaux services à mon grand-père, nous en séparer ne serait pas chrétien...

— Maman, n'oublie pas que nous sommes juifs d'origine !

Ils rirent. Marie-Claire Dorian offrait un visage nouveau, détendu, rajeuni.

— Nous vous devons beaucoup, Louise, dit-elle. Je vous payerai vos brevets d'exploitation au prix que vous voudrez.

Ce n'était pas l'argent qui motivait Iris. Elle voyait dans ce marché le moyen de faire pression sur madame Dorian, d'obtenir d'elle qu'elle lui livre enfin la vérité, qu'elle lui dise ce qu'elle savait des origines d'Armand, puisqu'il n'était pas son fils, et sur les siennes, puisqu'elle n'était pas la fille d'Hippolyte. Sinon, pas de contrat. Iris avança ses pions avec prudence.

— C'est moi qui vous dois beaucoup. Grâce à vous, j'apprends mon métier. Vous m'avez permis de devenir une véritable parfumeuse. J'ai réussi à créer ici, seule, sans influence. Cela ne me serait peut-être jamais arrivé si j'étais restée à Aix.

— Pourquoi ? Quelqu'un vous aidait ? demanda Armand.

— Quelqu'un, oui. Très fortement. Quelqu'un que j'adorais. Je me sens libre.

Les deux Dorian la considérèrent avec étonnement, espérant en apprendre davantage, mais Iris n'en dit pas plus.

— Accepteriez-vous de travailler exclusivement pour nous ? demanda Marie-Claire Dorian. Nous vous embaucherions et nous rachèterions votre affaire aixoise.

— Vous me proposez de fusionner nos entreprises ?

— Ce serait d'un grand intérêt pour vous. Nous maîtrisons les circuits de distribution mondiaux.

Iris eut un petit sourire intérieur. Elle songea à la colère qu'une telle offre susciterait chez son amie Sarah.

— J'ai du personnel, des employées qui sont mes amies. Elles m'accompagnent depuis mes débuts. Sans elles, je n'aurais pas réussi. Je leur dois beaucoup.

Marie-Claire Dorian hésita :

— Je ne garantis pas que nous pourrions reprendre tout le monde.

— Je ne conçois pas les affaires comme un renoncement à mes valeurs, à mes amies, à ma vie actuelle.

Armand suivait leur conversation sans se prononcer. Il y avait une part de la jeune femme qui lui échappait et qu'il ne comprenait pas. Ce qui la lui rendait encore plus attirante et désirable.

— Je rentre à Aix la semaine prochaine, reprit Iris. Cette parenthèse à Grasse restera un excellent souvenir.

— Les contrats peuvent être prêts dès ce soir, ma chère, dit Marie-Claire Dorian, la mine radieuse.

— Rien ne presse... répondit Iris évasivement.

Armand blêmit. L'idée qu'Iris s'en aille le faisait suffoquer.

Il ne ferma quasiment pas les yeux de la nuit. Le lendemain, il se présenta au laboratoire de chimie avec les traits tirés, la tristesse peinte sur le visage. Iris faisait les mises en cuve avec le chimiste. Il la regarda saisir les pipettes, doser les ingrédients, les jeter dans la cuve. Armand s'approcha de la jeune femme et murmura :

— Je ne pourrai pas vivre sans vous, je ne pourrai pas.

Iris ne réagit pas. Elle poursuivit sa tâche comme un automate.

— Ce silence. Votre silence. Il me tue.

Devant le manque de réaction d'Iris, Armand soupira et quitta les lieux. Elle le regarda s'éloigner par la fenêtre. Elle sentait tout son être bouillir de l'envie de le rejoindre, de lui prendre la main. Mais elle ne le pouvait pas. Elle ne connaissait pas encore la vérité. Elle avait compris qu'Armand et elle étaient des enfants adoptés par les Dorian, mais rien ne prouvait qu'ils n'étaient pas du même sang. Elle le saurait sous peu.

12

Iris hésitait sur une quantité. Le chimiste attendait ses instructions, des bouteilles opaques à la main. Ils finalisaient ensemble les versions des deux fragrances qu'elle consentait à céder à Dorian, dont la seconde, conçue pour Armand, avait fait l'unanimité.

— J'ai besoin de réfléchir, déclara Iris en ôtant sa combinaison et son masque. Faisons une pause.

Elle quitta le labo, rejoignit la grande demeure et entra dans le salon. Elle était seule, ce qui lui convenait. Elle voulait consulter une recette d'un carnet d'Hippolyte pour dissiper un doute qui la taraudait. Elle téléphona à la boutique et tomba sur Sarah.

— Sarah, c'est Louise.

— Coucou, ma belle. Tu nous reviens quand ?

— Bientôt. J'ai besoin de vérifier quelque chose dans l'un de mes carnets.

— Les vieux cahiers que tu consultes parfois ?

— Oui… Je les tiens de mon père… Va dans le laboratoire, tu les trouveras dans le tiroir du bureau. La clé est dans mon vase en porcelaine, sur la table basse, sous la fenêtre.

— D'accord.

— Tu verras, il y en a une dizaine. Celui que je cherche est marqué 1938.

— J'y vais, il faut me laisser un peu de temps.

— Quand tu l'auras trouvé, appelle-moi chez les Dorian à Grasse. Je reste près du téléphone.

Iris raccrocha et s'installa dans un fauteuil. Quand le téléphone sonna, elle s'était endormie.

— Louise ?

— Oui, c'est moi. Alors va à la page…

— Attends ! la coupa Sarah.

— Quoi donc ?

— Il n'y a aucun carnet dans le tiroir.

— Tu te trompes, ce n'est pas possible !

— Non, je ne me trompe pas. Le tiroir n'était pas fermé à clé et il est vide, je t'assure.

— Je te rappelle.

Iris se laissa tomber dans le fauteuil, abasourdie. On avait volé les carnets d'Hippolyte… A mesure que la nouvelle s'imprimait dans son esprit, l'angoisse et la douleur s'emparaient d'elle. Outre leur intérêt pratique, ces carnets étaient tout ce qu'il lui restait de son père, ils portaient ses mots, son écriture, ses doigts en avaient caressé les pages. Et puis, elle se sentait dépossédée de son savoir, de la base de sa réussite. Ils avaient une valeur inestimable. Qu'un concurrent ait mis la main dessus serait une catastrophe.

Qui connaissait leur existence ? Personne. Qui pouvait être entré dans son laboratoire d'Aix, derrière la boutique, si facilement, sans effraction ? Encore fallait-il connaître leur cachette. Qui ?

Antoine, bien sûr, qui aurait pu vouloir se venger. Il savait qu'Iris consultait des carnets. Rodolphe, le jeune chimiste que lui avait envoyé Marie-Claire Dorian, qui les aurait subtilisés pour le compte de celle-ci ? Mais il n'avait pas mis les pieds dans le laboratoire d'Aix. Et il y avait Armand. Au sujet duquel Antoine l'avait mise en garde. Mais Armand n'était jamais entré dans le labo de la boutique seul. Iris était avec lui. Elle sentit la nausée la gagner.

Quand elle trouva la force de quitter le salon, la nuit tombait. Elle regagna le laboratoire. Le chimiste était sur le pas de la porte à fumer une cigarette. Il avait laissé son trousseau sur une table. Iris remarqua une clé triangulaire. Elle s'en empara et se dirigea vers la porte blindée qui donnait accès au laboratoire privé de Salomon. L'occasion était trop belle. Elle allait pénétrer dans l'antre du mystérieux vieillard.

13

Iris actionna le dernier verrou avant d'entrer dans une salle sans fenêtre qu'éclairaient des néons. Elle posa un regard distrait sur les longues tables blanches recouvertes d'instruments, de fioles et de tubes à essai. Une porte était entrouverte au fond et une lumière filtrait par l'embrasure. Elle s'approcha, glissa un coup d'œil, poussa la porte et découvrit une chambre dont les murs étaient tapissés de livres. Au-dessus du lit, un portrait d'Hitler paraissait surveiller l'endroit. Elle fit un pas et la porte se ferma dans un claquement.

— Tu as mis du temps à venir, chère Iris.

Le vieil homme au regard de glace qui l'avait surprise dans le mausolée pointait un revolver sur elle.

— Méfie-toi, je suis âgé, mais vif. Je suis l'élite de la SS. J'étais très proche de Himmler.

— Bauer ? lâcha Iris, tétanisée.

— J'ai cru que mes hommes t'avaient eue dans le port où s'était réfugié ton salaud de père.

— Vos hommes ?

— Je suis toujours un chef. Sur les huit SS qui m'accompagnaient, cinq sont encore en vie, reconvertis dans des carrières honorables, en Allemagne, en Argentine ou en Bolivie. Mon fidèle Hans Vanoo a réussi à fuir en Argentine et il a réussi une belle carrière dans la diplomatie. Son fils a intégré la marine française. Dès que j'ai su que Marie-Claire avait retrouvé son frère à Nialvic, j'ai envoyé Gunther, le fils de Hans, et deux de ses hommes pour vous faire la peau, à toi et à Hippolyte. La marine française a une base à Vannes, non loin de Nialvic. Leur séjour dans le port passerait inaperçue, ou presque.

— Vous éliminez les témoins, n'est-ce pas ?

— Il n'en reste plus. Ceux qui savent que je suis en vie sont sûrs. Un seul m'a toujours fait trembler : Hippolyte. Il a toujours été comme une épine dans mon pied. Il fallait qu'on l'élimine, ainsi que toi. J'étais quasiment certain qu'il t'avait tout raconté.

— Pas tout. Mais vous deviez chercher bien d'autres choses pour avoir fouillé le laboratoire de mon père avec autant de rage ! Vos hommes l'ont saccagé.

— Notre mission était d'éliminer Hippolyte ainsi que toi, c'était tout… Nous ne cherchions rien. Malheureusement, les marins de Gunther t'ont ratée. Ils se sont trompés de cible. Ton père te protégeait.

Iris se souvint de l'insistance de ce dernier pour qu'elle prenne le car trois jours de suite. Il lui avait ordonné d'aller livrer des remèdes aux religieuses de Belleville. Elle partait le matin et rentrait le soir.

— Hippolyte a veillé à t'éloigner, reprit le vieillard, les trois jours où Gunther et ses hommes enquêtaient pour savoir qui tu étais et où tu étais. Il y avait une autre jeune fille de ton âge dans la boutique.

— Hortense !

— Ils ont pris cette jeune fille pour toi.

— Comment avez-vous compris que Gunther s'était trompé de cible ?

— Lorsqu'il m'a décrit la jeune femme qu'il avait éliminée.

— Que voulez-vous dire ?

— Je sais tout de toi, Iris. C'est moi qui t'ai faite.

Iris tangua, chercha le mur de la main pour ne pas s'effondrer.

— La jeune femme étranglée par Gunther, dans le port, n'avait pas la marque, reprit Bauer. Et elle n'avait pas les yeux bleus. Puis, quand tu es venue ici, à Grasse, je t'ai vue dans le mausolée. Je t'ai reconnue, Iris, et tu étais venue pour comprendre. J'en ai eu la confirmation un jour où tu te promenais. Il faisait chaud, tu avais quitté ton pull, et ton bustier laissait voir tes bras nus. J'ai pu reconnaître le signe. Notre signe.

— Je... je suis née dans votre Fontaine de vie ? bredouilla Iris.

— Bien sûr ! Et je dois avouer que tu es une de mes plus belles réussites. Tu as la pureté de la race. La beauté et l'intelligence de la race. Notre race. Comme Armand.

— Armand ? s'enquit Iris dans un souffle.

— Lui aussi est une de mes créations, un de mes petits prototypes, comme je me plaisais à appeler tous ces enfants que j'ai fait naître entre 1937 et 1945. 1942 fut ma meilleure année.

Iris hésita et posa la question qui l'obsédait :

— Nous sommes frère et sœur, Armand et moi ?

— Non. Vous êtes nés à huit mois d'intervalle ! Réfléchis un peu ! J'avais encore sept ventres à cette époque. Aucune femme n'était fécondée par le même SS. J'y veillais !

Il éclata d'un rire dément et ajouta :

— Tu es née dans l'un de mes plus beaux ventres, une femme toute dévouée...

— Droguée !

— Il valait mieux effacer les passés de mes ventres pour qu'elles se consacrent à leur nouvelle vie. Je leur ai fait un cadeau, à toutes : enfanter l'élite.

— Vous êtes fou à lier ! s'écria Iris.

Il la toisa en silence.

— Et le tatouage ? A quoi servait-il ? demanda-t-elle.

— Le tatouage était la marque d'entrée de tous les nouveau-nés dans la grande maison des Fontaines de vie. Himmler voulait marquer l'élite de notre futur peuple aryanisé. A l'âge de trois mois, les bébés étaient baptisés lors d'une cérémonie dirigée par des SS. Une cérémonie sans religion ni religieux, bien entendu. L'enfant était placé au milieu des SS en cercle. Le médecin de l'établissement le marquait du signe de la race pure, en haut du bras, presque sous l'aisselle. Puis nous chantions et nous récitions des textes à la gloire du Führer et du peuple germanique.

— Le but était donc de fabriquer les futures troupes d'élite du Reich ?

— Oui, en masse. De pure race aryenne. Les filles devaient devenir infirmières ou des procréatrices. Nous savions qu'un jour nous dominerions toute l'Europe et il nous fallait des hommes fiables et exemplaires.

— Mais vous avez échoué dans votre grand projet, persifla Iris.

— Notre défaite n'est que provisoire. Nous sommes infiltrés partout.

— Le monde a changé, colonel Bauer ; si vous étiez sorti de votre laboratoire depuis 1945, vous le sauriez !

— Je n'ai eu guère le choix, chère Iris. Je suis mort pour le monde, dans mon bureau de la maternité à laquelle j'ai mis le feu. Les corps retrouvés étaient ceux de trois de nos ventres revêtus de nos uniformes. Dont ta mère, une brave Polonaise de souche germanique. Et la mère d'Armand, aussi. Elle, c'était une mère célibataire qu'on a su garder.

Elle était orpheline, elle avait été violée. On l'a ensuite droguée pour qu'elle reste chez nous.

— C'est abominable… lâcha Iris, les yeux agrandis d'horreur.

— J'ai travaillé pour ma race. Les autres ne sont rien.

— Vous êtes fou…

— Non, visionnaire. Et je t'interdis de me juger. Tous mes actes étaient justifiés.

— Parlez-moi de Julia Herd.

Il plissa les yeux.

— Julia fut le point de départ. Un premier essai. Mais ce fut une belle réussite et son exemple m'a servi de modèle pour la suite.

— Elle vous a servi de cobaye, n'est-ce pas ?

— Grâce à Médare Dorian et à son fils Nathanaël. Ils avaient la recette de la ménoxiline. Ce sont eux qui l'ont conçue.

— Hippolyte l'avait notée sur un de ces carnets, au milieu de compositions de parfums. Je suis heureuse qu'il ne soit pour rien dans cette invention diabolique.

— Qu'il ait été au courant ne le rendait que plus dangereux. Cet idiot n'a pas accepté notre plan. Il est parti, il s'est caché des années. J'ai eu peur qu'il ne parle. Mais il avait apparemment assez d'honneur et le sens de la famille pour se taire. Je suis toutefois plus serein maintenant qu'il est mort.

— Je suppose que vous allez me tuer.

— Gommer ta mémoire, plus exactement, répliqua Bauer avec un regard de glace.

Et il sortit de sa poche une seringue emplie d'un liquide transparent. Iris avala sa salive tout en cherchant un moyen de gagner du temps.

— Si tu ne te laisses pas faire, je te tue par balle.

— Alors vous pouvez tout me dire.

Elle avait perçu la complaisance avec laquelle ce vieillard solitaire se livrait. Il n'avait jamais l'occasion de raconter ses exploits et il le faisait à présent avec une satisfaction visible. Il retourna une chaise et s'assit face à Iris, l'arme toujours pointée sur elle, sa seringue dans l'autre main.

— J'ai épousé Aude sans enthousiasme. Médare avait vu les choses en grand. Ce fut un mariage fastueux, avec toute l'aristocratie et la grande bourgeoisie de Hambourg. Médare jubilait. Il était au faîte de sa fortune et de sa gloire. Sa maison prospérait. En mariant sa fille Aude à ma famille, il unissait son nom à celui de la haute société allemande, il s'introduisait dans le monde des grands par l'intermédiaire de mes parents. Ceux-ci avaient accepté le mariage par intérêt : nous étions ruinés. Médare offrit une fortune à ma famille et nous apporta une demeure magnifique sur un grand domaine, au sud de la ville. Ce ne fut pas une union heureuse. Aude supportait mal l'absence de son jeune frère Simon, parti gérer le domaine de Grasse. Nathanaël, quant à lui, passait des journées enfermé dans son laboratoire. J'avais ma carrière dans l'armée. Aude se sentait délaissée. Elle était malheureuse que son père Médare n'ait eu d'autre ambition pour elle que ce mariage. Elle aurait aimé travailler pour Dorian. Elle se sentait exclue. Puis son frère Simon a trouvé la mort sur le front. A partir de ce moment, elle a sombré dans la dépression. Je ne pouvais pas grand-chose pour elle. Elle avait des tares liées à ses origines... juives... qu'on m'avait cachées... J'ai continué ma vie, sans me préoccuper de ce... boulet. Après la guerre, j'ai été nommé à la direction de la prison de Hambourg.

— C'est là que vous avez trouvé Julia ?

— Une gardienne est venue me prévenir que cette détenue était enceinte de plusieurs mois. Elle allait être exécutée.

— Qui a eu l'idée monstrueuse de se servir d'elle et de lui prendre les jumeaux ?

— Nous lui avons sauvé la vie, la coupa Bauer. C'était une pauvre fille. Une meurtrière.

— Violée !

Bauer balaya la remarque d'un haussement d'épaules.

— Après la guerre, Médare était très angoissé. La mort de son fils Simon et la stérilité du couple que formaient Nathanaël et Marguerite le rendaient fou. Il craignait de ne pas avoir de descendance, que, malgré sa fortune, le nom de Dorian ne vienne à disparaître. Il ne dormait plus. Nathanaël partageait ses préoccupations. Il avait fait des examens médicaux. Marguerite n'aurait jamais d'enfant. Alors je leur ai présenté une solution.

— Julia.

— Bien sûr, ils ont hésité. Bien sûr, ils ont eu des scrupules. Mais moi j'avais besoin d'argent. Je venais d'adhérer corps et âme au parti national-socialiste dont Hitler avait pris la tête en 1921. J'ai donc maquillé l'exécution de Julia et je l'ai livrée à Médare, qui l'a conduite à Grasse.

— Complètement droguée...

— C'est à Nathanaël et à Médare que nous devons la ménoxiline. Le talent de chimiste de Nathanaël ne se limitait pas aux parfums. Ils voulaient créer un produit qui effacerait la vie antérieure de Julia, qui la rendrait soumise et qui ne ferait pas de mal au bébé qu'elle portait. Ils ont mis des semaines à le mettre au point. Je l'ai testé sur deux condamnés, la veille de leur exécution. Médare et Nathanaël avaient créé un produit génial : il plongeait la victime dans le coma pendant quelques heures et elle se réveillait amnésique et soumise.

— Vous avez cependant dû constater que la victime connaissait des problèmes psychiatriques irrémédiables.

— Peu importait, tant qu'on obtenait la soumission et l'oubli. J'ai administré la ménoxiline à Julia la veille de son exécution. Le lendemain, elle m'a suivi docilement, dans un état second. Avec la complicité du bourreau, j'ai simulé sa mise à mort. Puis j'ai conduit Julia dans mon bureau, je lui ai parlé calmement, lui disant qu'elle devait retrouver son époux, Nathanaël Dorian, pour mettre au monde son enfant. Elle croyait tout ce que je lui racontais sur son passé pour qu'elle devienne comme la doublure de Marguerite Dorian. Elle a pris mon bras et m'a suivi jusque chez Médare. De là, ils sont partis pour Grasse en automobile.

— Et Nathanaël ? Et Marguerite ?

— Notre plan était de nous débarrasser de Julia après l'accouchement. Je devais me rendre à Grasse pour me charger de cette besogne. Mais Marguerite n'a pas supporté la vérité. Lorsque son mari lui a expliqué qu'il avait trouvé une condamnée enceinte pour leur donner un enfant, elle s'est effondrée. Ils étaient installés depuis peu à Grasse et elle a compris pourquoi Nathanaël avait tenu à quitter Hambourg et à couper tout lien avec l'Allemagne. Elle a pris conscience de son inutilité. Elle s'est suicidée en avalant des somnifères. Médare est arrivé une semaine plus tard à Grasse avec Julia. Contre toute attente, celle-ci accoucha de jumeaux. Elle devint la femme de Nathanaël, la nouvelle Marguerite. Médare fut rassuré sur sa descendance.

Le vieillard eut un ricanement muet.

— Médare a tout misé sur Hippolyte, il a placé tous ses espoirs en lui. Il avait raison, Hippolyte avait du génie. Il lui a tout appris, lui a transmis tout son savoir. Avec Nathanaël, chimiste hors pair, ils ont élaboré des parfums de légende. Médare était aux anges. Mais bientôt se profila à nouveau la menace de l'extinction de la lignée.

— Hippolyte était homosexuel.

— Oui. Il a avoué cette abomination à Nathanaël et à Médare en décembre 1944. Médare m'a tout raconté. Ils étaient anéantis. Hippolyte avait confié qu'il aimait un parfumeur, qu'il comptait vivre avec lui, en continuant de travailler pour Dorian, mais à Paris, loin de Grasse. A peu près à la même époque, Nathanaël a su que Marie-Claire n'aurait jamais d'enfant, la même malédiction que Marguerite. Médare, ce vieux fou, est alors venu à moi en Allemagne. Il n'ignorait rien de mon activité dans une Fontaine de vie depuis 1937. Il s'est présenté un matin de janvier 1945 en me suppliant de lui confier un enfant à adopter. J'ai accepté. Nous étions dans une situation, disons... périlleuse, et nous devions nous débarrasser des bébés avant l'arrivée imminente des Alliés. J'ai même laissé Médare choisir. Il a pris Armand et puis... toi.

Iris retint un cri. Elle se souvint du témoignage d'Oscar qui rapportait que Médare avait quitté la maternité avec un garçon avant de revenir sur ses pas.

— C'était une scène curieuse, poursuivit Bauer. Médare a pris le garçon dans ses bras, mais celui-ci s'est mis à brailler en refusant de te lâcher. Vous étiez inséparables, Armand et toi. Les nourrices avaient fini par rapprocher vos lits pour faire cesser vos pleurs. Médare a senti tout ça, ce lien entre

Armand et toi, ça l'a touché. Il a emporté le garçon dans sa voiture. Puis il s'est ravisé, il est revenu et il t'a prise aussi.

— Marie-Claire savait tout, depuis le début.

— Oui. Contrairement à Hippolyte, elle a accepté l'idée. Elle culpabilisait de ne pouvoir donner une descendance à son grand-père qu'elle vénérait. Et elle pensait faire une bonne action en adoptant des orphelins.

— Et Hippolyte ?

— Il ne voulait pas d'enfant. Mais, curieusement, il s'est attaché à toi quand il t'a vue, il a vécu un temps à Grasse, en te considérant comme sa fille. Et puis il s'est enfui avec toi. Son départ a brisé Médare. Quand il a compris que son fils ne reviendrait jamais, Nathanaël s'est réfugié dans l'alcool et il en est mort. Médare l'a suivi dans la tombe cinq ans plus tard, à plus de quatre-vingt-trois ans. Il avait essayé de former Armand au métier, mais l'enfant était asthmatique. Marie-Claire a dépensé une fortune en détectives privés pour retrouver son frère, qu'elle a fini par dénicher à Nialvic. Tu connais la suite.

— Non, pas votre histoire. Que faites-vous ici ?

— J'ai eu besoin d'une cachette sûre après 1945. On me croyait mort. Je savais que Médare ne pourrait pas me refuser l'asile. Je pouvais briser leur réputation en un tournemain. Pensez, le juif Elzeon, le grand patron des parfumeries Dorian, qui avait aidé au financement du parti nazi, qui avait participé au développement de la race aryenne en fournissant un puissant amnésique pour que les femmes se soumettent, un juif qui avait adopté deux enfants fabriqués dans les Lebensborn du Reich !

Il éclata d'un rire dément avant de se lever et de s'approcher d'Iris.

— Maintenant, ma petite, ton tour est venu... Tu vas te laisser piquer docilement et tu deviendras une autre. Mais tu seras en vie.

Iris ferma les yeux, sans bouger, tétanisée et résignée.

Soudain, la porte s'ouvrit avec fracas et Armand surgit dans la pièce. Surpris, le vieillard s'était détourné. Armand se rua sur lui et le percuta. Déséquilibré, Bauer battit des bras, lâchant le revolver qui glissa sur le carrelage, hors de portée, et chuta lourdement sur le sol. La seringue roula sous un meuble. Bauer tenta de se relever, mais retomba aussitôt. Du sang apparut sous sa nuque. Il posa un regard à demi éteint sur Armand puis sur Iris.

— Vous êtes mes chefs-d'œuvre, murmura-t-il.

Il afficha un faible sourire, puis il hoqueta et ferma les yeux. Sa bouche se tordit, il eut un dernier spasme et cessa de vivre.

Armand se précipita sur Iris, l'aida à se redresser et la serra dans ses bras en murmurant :

— Quand je suis rentré à la maison, je t'ai cherchée en vain. Ta voiture était là. Rodolphe m'a dit qu'il t'avait vue te diriger vers le laboratoire du vieux Salomon... Je me suis précipité... J'ai tout entendu, je sais tout, ça va aller, calme-toi.

Iris pleurait, anéantie, ébranlée par la scène et par les révélations de Bauer.

— Quittons cet endroit, dit Armand en lui prenant la main.

— Tu ne savais rien ? demanda la jeune femme en plongeant son regard dans celui d'Armand.

— Non.

— Tu comprends pourquoi je te fuyais ? J'avais peur que nous soyons frère et sœur.

Il ne répondit pas. Il l'embrassa avec passion et elle s'abandonna.

14

Marie-Claire Dorian était paisiblement installée dans son lit, un roman à la main. La porte s'ouvrit à la volée et Armand entra comme une furie, suivi par Iris. Il s'approcha de sa mère, éberluée par cette irruption, et lui arracha son livre qu'il jeta à terre.

— Pourquoi ne m'as-tu jamais dit la vérité ? Pourquoi ?

Elle se dressa contre ses oreillers avec inquiétude, décontenancée par la fureur de son fils. Une ombre de panique passa dans ses yeux.

— Je ne suis pas ton fils, Marie-Claire Dorian, poursuivit Armand avec rage.

— Qui t'a dit ça ?

— Le colonel Bauer ! Alias Salomon ! Je sais tout ! Je suis un orphelin.

— Tais-toi ! s'écria Marie-Claire. Je suis ta mère, et je le serai toujours.

Elle regarda Iris.

— Sortez ! Cela ne vous regarde pas !

— Elle reste ici, répliqua Armand. Notre conversation la concerne autant que moi.

Marie-Claire ne réagit pas, face à la détermination et à la colère de son fils.

— Tu me devais la vérité ! reprit Armand, hors de lui.

— Cela aurait servi à quoi ? Hein ? A quoi ?

Elle fondit en larmes.

— Je n'allais pas te dire, un jour, comme ça, au détour de la conversation : « Mon petit Armand, en fait tu n'es pas mon fils, tu es l'enfant d'un salaud de SS et d'une pauvre fille dont on a utilisé le ventre » ? Que tu es le résultat d'un plan insensé pour développer la race aryenne ? Que tu étais destiné à former l'élite du Reich ? Tu voulais que je te révèle ça ? Au risque de te détruire ? La seule vérité, c'est que je t'ai élevé avec amour. Tu es et tu resteras mon fils.

— Le colonel Bauer a tout dit... Tout ! Tout ! Entends-tu ? C'est un criminel de guerre que tu caches, que nous cachions dans notre laboratoire ! Si j'avais su ! Si j'avais su !

— Qu'aurais-tu fait ? Hein ? Tu l'aurais dénoncé à la police ? Et que se serait-il passé ? Bauer aurait révélé que les Dorian le protégeaient depuis les années 1930 ? Que Médare alimentait les caisses du parti nazi ? Lui, le juif ? Ç'aurait été signer notre arrêt de mort. Et puis j'ai eu peur de te perdre, Armand... Tu es mon fils ! Que voulais-tu que je fasse ? Alors j'ai gardé le secret, je ne pouvais t'avouer que notre entreprise était un grand navire à la coque pourrie, que mon grand-père t'avait recueilli en Allemagne dans une maternité dirigée par les SS. Tu crois que tu aurais été plus heureux si la Croix-Rouge t'avait placé dans une ferme ou dans je ne sais quel orphelinat ? En 1945, les nazis vidaient les Fontaines de vie. Médare t'a recueilli alors que tes jours étaient en danger. Tu aurais pu plus mal tomber, non ?

Armand la dévisagea en silence, soudain calmé, comme vidé de son énergie. Il se laissa tomber dans un fauteuil, se mit le visage dans les mains.

— Tu aurais dû livrer Bauer, c'est un criminel, dit-il avec fermeté.

— Je n'en ai pas eu le courage.

— Il est mort. Tu trouveras son cadavre dans son laboratoire de fou.

Marie-Claire Dorian sursauta.

— Tu l'as tué ?

— Non. Il est tombé et s'est fracassé le crâne. C'est un accident. Il allait injecter un poison anesthésiant à Louise qu'il menaçait d'une arme à feu quand je suis arrivé.

Armand marqua une pause avant de reprendre :

— Sais-tu pourquoi ? Louise est la fille d'Hippolyte. Je te présente Iris. Et je t'informe que nous allons nous marier.

Ahurie, Marie-Claire Dorian dévisagea la jeune femme.

— J'aurais dû m'en douter, dit-elle dans un souffle. Votre talent. Vous avez des traits de caractère communs. Cette façon d'agir posément, de tout soupeser. Mon Dieu, comment est-ce possible ? Nous savions qu'Hippolyte avait été assassiné, mais personne n'a pu nous dire où était partie sa fille malgré l'enquête que j'ai fait mener. Je voulais vous protéger.

— Non ! s'écria Iris. Vous vouliez mettre la main sur les carnets de votre frère et vous pensiez, à juste titre, que je les avais récupérés ! Des carnets avec des recettes de parfums merveilleux !

Marie-Claire Dorian baissa la tête puis avoua :

— J'ai toujours voulu respecter les volontés de Médare, tout ce que j'ai fait l'a été pour notre nom, pour le prestige des Dorian. J'ai tout accepté. Sans jamais me plaindre ou donner mon avis. Seul m'importait le nom des Dorian, tant pis s'il est bâti sur des mensonges, à partir du moment où j'avais avec moi dans cette demeure une famille soudée et apaisée. Je mérite tes reproches, Armand, mais je n'ai aucun regret, je n'agirais pas autrement si c'était à refaire.

Elle marqua une pause, se redressa.

— Je suppose que vous allez partir, n'est-ce pas, comme Hippolyte l'a fait avant vous ?

— Oui, dit Armand sèchement. Mais pas avant d'avoir tout entendu.

— Ne cherchez pas vos origines, ni l'un ni l'autre. Vous ne trouverez rien. Vous êtes des Dorian, vous resterez des Dorian. Vos mères sont mortes dans une Fontaine de vie, vos pères étaient des SS disparus sur le front de l'Est, Bauer me l'a affirmé.

— Je veux tout comprendre ! exigea Armand. Notre arrivée, nos premiers jours ici, la fuite d'Hippolyte…

Marie-Claire observa son fils et soupira. Elle paraissait à la fois résignée et émue.

— J'ai fait votre connaissance à tous les deux dans cette même pièce une nuit de janvier 1945. Il avait neigé, ce qui est rare à Grasse. Hippolyte était dans le fauteuil où tu te trouves et nous attendions sans mot dire. Oh, nous n'avions pas besoin de parler pour savoir ce que nous ressentions, l'un comme l'autre. Moi, j'étais impatiente. Je savais que Médare allait revenir avec un fils que j'allais adopter. C'était le plan convenu. J'étais même restée enfermée plusieurs mois pour laisser croire à une grossesse. J'ignorais où Médare allait chercher l'enfant et je m'en fichais. Seul le résultat comptait, un héritier pour l'entreprise. La chose était entendue. Pour Hippolyte, les choses étaient plus compliquées. Il n'était pas question pour lui d'adopter. Médare ne lui avait d'ailleurs rien demandé… Hippolyte aimait un homme, son père le savait. Quelques mois auparavant, il avait surpris Hippolyte et son apprenti parfumeur dans une situation sans équivoque. Hippolyte s'en était ouvert avec franchise et avait avoué son amour pour Philippon. C'était ainsi, il n'y pouvait rien. Médare avait accusé le coup. Ce fut difficile, mais il finit par l'admettre. Il était prêt à tout accepter pourvu qu'Hippolyte ne se décide pas à partir, ce dont il avait menacé notre père Nathanaël, qui, lui, avait très mal réagi. Il était fou de colère, d'intolérance, de rage. Il a même frappé Hippolyte quand il a appris son penchant.

— Frappé ? s'étonna Iris.

— Oui... Je me souviendrai longtemps du coup de poing qu'il lui a asséné. Nathanaël et moi étions installés au salon et lisions les journaux. Médare est entré, la mine décomposée, blême, et s'est assis sans rien dire. Hippolyte le suivait, tête basse, comme s'il se sentait coupable. Il est resté debout, s'est planté devant son père et a prononcé les paroles fatidiques sur un ton déterminé : « Papa, je suis amoureux d'un homme, et je souhaite vivre avec lui. » Mon père a levé les yeux sur lui, bouche bée. Il s'est lentement dressé sur ses pieds et s'est approché d'Hippolyte sans mot dire. Hippolyte, la voix tremblante mais le regard résolu, a insisté : « Je veux vivre avec Philippon. Grand-père Médare le sait. Ma décision est prise. » Mon père l'a frappé avec tant de violence qu'Hippolyte est tombé. Ils se seraient battus si Médare n'était pas intervenu. Les jours suivants ont été terribles : mon père a renvoyé Philippon et a enfermé Hippolyte dans le laboratoire. Il voulait lui arracher le mal du ventre et de la tête, prétendait-il. Il était comme fou. L'atmosphère était irrespirable. Médare rassurait Hippolyte en expliquant que Nathanaël allait se calmer, qu'il fallait être patient. Il a supplié Hippolyte de rester à Grasse et de laisser passer du temps… Mon frère a accepté… Puis Médare est arrivé avec l'enfant, ce petit être qui devait assurer notre survivance. Nous avons entendu l'automobile de Médare dans la cour. Hippolyte s'est approché de la fenêtre et il s'est tourné vers moi en disant : « Voilà ton enfant, semble-t-il, et même deux enfants, si je n'ai pas la berlue… » L'instant d'après, Médare apparaissait avec un petit garçon endormi dans ses bras et une petite fille aux grands yeux qu'il tenait par la main. Elle devait avoir quatre ans. Les deux orphelins portaient un uniforme gris, très sale. C'était un tableau surprenant. Très touchant. Notre grand-père, là, dans l'encadrement de la porte, presque embarrassé par ces deux enfants, mais le regard triomphant. Il avait sa famille. Il s'est avancé et a déposé le garçon près de moi. Ses mains étaient froides, j'ai recouvert son petit corps et j'ai frotté ses mains dans les miennes.

— Et moi ? murmura Iris.

— Vous, Louise, ou plutôt Iris… dit Marie-Claire avec un sourire tendre. Vous êtes restée un moment plantée dans la pièce, à nous observer gravement, sans une larme. Vous vous êtes dirigée d'un pas hésitant vers Hippolyte, qui vous a ouvert les bras. Vous avez prononcé quelques mots en allemand. Il vous a répondu dans cette langue qu'il connaissait bien. L'instant d'après, vous dormiez dans son giron. Ce n'est pas Hippolyte qui a voulu vous garder. C'est vous qui l'avez choisi. Vous ne l'avez plus quitté.

— Peut-être avais-je perçu sa bonté...

— Il y a eu entre vous quelque chose de fort et d'immédiat. Il s'est attaché à vous éperdument. Vous avez remplacé tout le reste, tous les autres. Tous. Il a demandé à vous adopter, puis, quand il a compris la vérité et qu'il a quitté Grasse, il vous a emmenée. Moi, j'ai toujours fait passer notre nom et notre prestige avant tout. J'ai tout supporté. Même l'atroce vérité concernant vos origines, à vous et à Armand. Mais, avec sa sensibilité, Hippolyte était fait d'une autre étoffe. Il n'a pas supporté le mensonge et a rejeté d'un bloc toute la famille. Il nous a reniés. Il s'est enfui avec vous, Iris. Il m'a laissée. Je ne lui pardonnerai jamais et je ne le comprendrai jamais !

— Il faut tout nous dire, maman, intervint Armand. Je veux l'entendre de ta bouche.

— Médare nous a raconté qu'il vous avait trouvés dans un centre de la Croix-Rouge où on gardait des enfants survivants des camps. Des orphelins juifs. Cette explication nous a touchés. Nous n'avons pas cherché à en savoir plus. Les enfants avaient des papiers en règle, nous avions confiance en Médare. Nous avons appris la vérité bien plus tard.

— Je sais d'où viennent les papiers, glissa Iris. Bauer possédait une presse pour ça... Mais il me reste une interrogation. Les tatouages ? Qu'est-ce que Médare vous en a dit ?

— Rien. Que les orphelins étaient tous tatoués dans les orphelinats allemands. Médare a vainement essayé de faire effacer cette marque. Pour ne pas éveiller les soupçons, il a fait tatouer tous les membres de la famille, sauf Hippolyte, qui était déjà parti. On a dit à Armand que c'était une tradition familiale. Vous avez aussi cette marque, n'est-ce pas ?

— Oui. Comment se sont passés les premiers temps après notre arrivée ?

— Nous avons vécu presque un an de bonheur. Hippolyte avait retrouvé le goût de vivre. Il était un père attentif. Comme vous pleuriez pour vous endormir, chaque soir, il vous prenait avec lui dans le laboratoire. Vous dormiez, vos yeux fermés par la fatigue, après avoir observé Hippolyte travailler. Il vous chantait des berceuses en allemand. Cela vous calmait.

— J'ai donc vécu ici.

— Neuf mois. C'était merveilleux. Médare avait sa descendance, j'avais un fils, Hippolyte avait une petite fille qui lui avait redonné l'envie de vivre, de créer. Seul mon père, ébranlé par l'homosexualité de son fils et nerveusement fragile, devenait de plus en plus incontrôlable. Il s'est aigri. Il avait de violents accès de rage que rien ne justifiait. Il buvait de plus en plus. On ne le voyait plus dans le laboratoire, car il ne supportait plus la présence de son fils à ses côtés. On ne pouvait plus lui parler sans qu'il s'emporte. Un soir, j'ai surpris une conversation entre Médare et lui. Mon grand-père lui reprochait son intempérance, son manque de travail, son intolérance et ses colères. Il craignait toujours de perdre Hippolyte. La réponse de Nathanaël fut à peine intelligible tant il était ivre, mais Médare lui a alors déclaré que si quelqu'un devait quitter la parfumerie et le métier, ce serait lui, Nathanaël, et certainement pas Hippolyte. J'ai entendu des cris, des bruits de verre brisé. Je suis allée rejoindre mon frère au labo. Vous, Iris, vous gazouilliez dans un fauteuil. Je vous ai prise dans mes bras et vous vous êtes endormie, innocente, indifférente aux querelles des adultes. J'ai discuté un moment avec Hippolyte. Je l'ai trouvé assez détaché de tout ce qui se passait dans la maison. Vous lui apportiez du bonheur, il avait accepté son homosexualité et il laissait le temps travailler pour lui, comme Médare le lui avait conseillé. A l'époque, il n'avait pas l'intention de partir. Mais quand il a été confronté à la vérité, sur vous, sur votre mère, sur les manœuvres secrètes de Médare, il n'a pu le supporter. Hors de question pour lui de se faire le complice de cette famille véreuse, ce sont ses mots, il nous a reniés et s'est enfui en jurant de ne jamais nous revoir.

— Comment l'a-t-il su ? Comment avez-vous tous su ?

Marie-Claire soupira.

— Ce soir-là, notre père Nathanaël est entré dans le laboratoire, complètement saoul. Il s'est laissé tomber sur une chaise et il a regardé Hippolyte travailler sans dire un mot, la mâchoire serrée, l'œil haineux. Je n'osais rien dire. Puis, tout à coup, notre père s'est adressé à Hippolyte : « Je sais pourquoi tu as le vice. » Mon frère n'a pas relevé. Devant le silence de son fils, Nathanaël a repris : « Tu es l'enfant d'une criminelle, tu as ça dans le sang. » Hippolyte m'a lancé un regard éperdu. J'étais pétrifiée, moi aussi. Notre père est alors parti dans un discours hystérique, chacune de ses paroles était un coup de poignard dans notre cœur et notre âme. « On a sorti cette traînée de taule, une catin qui avait tué un homme… Cette Julia Herd, elle attendait des jumeaux, vous deux… Deux enfants d'une meurtrière… Et moi, je devrais être votre père ? M'accommoder d'une meurtrière, que Bauer avait qui plus est rendue folle en dosant mal la ménoxiline, cet idiot… Mais oui, j'ai joué le jeu, pour me retrouver avec un fils qui est une demi-bonne femme et une fille qui n'est pas capable de se faire engrosser… Bravo ! » Hippolyte était interdit, comme assommé. Moi, j'étais incapable de faire un geste. Je me suis dit que l'alcool faisait délirer Nathanaël, qu'il racontait n'importe quoi. Mais Hippolyte l'a cru d'emblée. Et il restait sans mot dire, les bras ballants, à écouter son père déblatérer.

Marie-Claire ferma les yeux devant tant de douloureux souvenirs.

— Nathanaël était déchaîné et il ne s'est pas arrêté là. Il a regardé l'enfant endormie dans mes bras. Vous, chère Iris. Et il a dit avec mépris : « Qui sont-ils, ces gamins ? Que nous réservent-ils ? » Hippolyte a aussitôt rétorqué : « Ils ne nous réservent que des belles choses. » Mon père a eu un ricanement blessant : « Que des belles choses ? Tu sais d'où ils sortent ? Tu demanderas au colonel Bauer si tu le croises, Médare le planque dans le laboratoire ! Il te le dira ! Ils ne viennent pas d'un camp de déportés mais d'une maternité nazie ! De purs Aryens ! De la graine de SS ! La future élite du Reich ! » Et il est parti d'un grand rire dément.

Le silence se fit dans la chambre. Marie-Claire détourna la tête, livide, avant de poursuivre :

— Pour Hippolyte, ce fut la goutte qui fait déborder le vase. Il vous a prise dans ses bras avec une détermination qui m'a fait peur. Il m'a dit simplement : « Je m'en vais. » Je l'ai supplié de rester, de ne pas m'abandonner, qu'il ne fallait pas croire les insanités de notre père. Hippolyte s'est précipité dans la chambre de Médare, qui dormait malgré les éclats de voix. Il a secoué notre grand-père en hurlant : « Est-ce vrai ? Est-ce vrai, ce que papa m'a dit ? Est-ce vrai ? » Et il a répété les vérités assénées par Nathanaël : que notre mère était une criminelle condamnée à mort, que vous veniez tous les deux d'une maternité nazie tenue par Bauer…

— Médare a avoué ?

— Il n'a pas démenti. Il est resté dans son lit, silencieux. Cela valait aveu. Je pense qu'il a compris qu'il venait de perdre Hippolyte.

— Il n'a rien tenté pour le garder auprès de lui ?

— Si, bien sûr. Mais le mal était fait. La seule qui aurait pu le retenir, c'est moi, et je n'ai pas réussi. Il voulait éloigner les enfants de cette famille pourrie, les mettre à l'abri.

— Il voulait aussi emmener Armand ? demanda Iris.

— Oui. Il n'a pas eu le courage de me l'arracher des bras. Je lui ai dit que cet enfant était ma raison de vivre. Moi, j'étais ébranlée par le destin de Julia Herd, ma mère, mais j'étais une Dorian et j'en étais fière. Après tout, Médare nous avait donné la vie en sauvant ma mère de la potence. Et puis je ne voulais pas laisser Médare. Hippolyte a quitté Grasse au petit matin, avec pour seul bagage un sac qui contenait des vêtements pour vous, et ses notes, tous ses carnets. Voilà tout.

— Il a quitté Grasse avec l'aide de la sœur du parfumeur, ajouta Iris. Elle m'a raconté qu'Hippolyte était venu demander de l'aide à son ami Philippon.

— J'ignore pourquoi il a choisi de s'installer dans ce petit port perdu, dit Marie-Claire.

— Justement parce qu'il était perdu.

— Et ce métier d'apothicaire !

— Il avait les connaissances pour ça, et il se sentait utile à la communauté. Il était heureux, je vous l'assure. Cependant votre visite l'a tourneboulé.

— J'avais promis à Médare sur son lit de mort de retrouver Hippolyte et de le ramener chez nous. J'ai engagé des enquêteurs. Ils ont cherché longtemps. Je ne pensais pas que mon frère aurait repris notre patronyme d'Elzeon pour refaire sa vie. Puis, un jour, un de mes détectives privés a eu vent d'un Hippolyte Elzeon qui vivait dans un coin perdu de Bretagne. Nous l'avions retrouvé ! Alors, je suis venue. J'ai été heureuse de revoir mon frère. J'ai encore mesuré cet amour absolu qu'il vous vouait, Iris, à Nialvic, dans ce port du bout du monde. J'ai tenté de le convaincre de revenir à Grasse.

— J'étais cachée derrière la porte et j'ai entendu votre conversation, dit Iris.

— J'ai insisté... Voyez-vous, la maison Dorian n'avait plus de nez. Je savais de quoi il était capable. Quand je l'ai vu vivre dans ce... trou, à vendre ses médicaments et ses plantes, j'étais effondrée.

— Il aimait son nouveau métier, répliqua sèchement Iris. Les gens l'appréciaient.

— Ce n'était pas sa place ! s'écria Marie-Claire. Il avait une carrière, une fortune à faire ici. Et il vivait comme un minable !

— C'est pour ça que vous avez dévasté son laboratoire, n'est-ce pas ? Avant votre départ ?

Marie-Claire haussa les épaules, mal à l'aise. Elle resta silencieuse un long moment avant de reprendre sur un ton contrit :

— Avant de repartir pour Grasse, je suis retournée voir Hippolyte dans sa boutique. Je suis une entêtée. Vous savez, je n'ai pas l'habitude qu'on me résiste. Je ne parvenais pas à accepter son choix. Je connaissais l'existence des carnets qu'il avait emportés avec lui. Il aurait pu me les laisser. Je voulais essayer de le convaincre une dernière fois. Mais la boutique était fermée. Une voisine m'a dit qu'Hippolyte était parti faire une course et que sa fille était absente. Ce fut plus fort que moi.

— Vous êtes entrée dans le laboratoire.

— Oui, avoua Marie-Claire en baissant les yeux. La porte de derrière était ouverte. J'ai fouillé désespérément, avec méthode, puis avec rage. J'ai tout saccagé. J'étais poussée par ma rancune, par mon désespoir. Et puis j'ai eu honte. J'ai fini par m'enfuir sans me retourner. Bredouille. Sans Hippolyte et sans ses carnets que nous aurions pu exploiter. Et ainsi Dorian aurait retrouvé sa créativité et son lustre !

Iris posa sur Marie-Claire un regard impitoyable et déclara :

— C'était une grave erreur de venir à Nialvic. Les hommes de Bauer nous ont retrouvés en suivant votre trace.

— Les hommes de Bauer ? demanda Marie-Claire, les yeux écarquillés. Mais de qui parlez-vous ?

— Le colonel Bauer a encore des relations, et des hommes prêts à lui obéir.

— Bauer est un vieux fou qui ne sort jamais de son laboratoire ! répliqua Marie-Claire.

— Il ne sort jamais, mais il reçoit des visites ! Et vous devez bien être au courant, car on ne rentre pas comme on veut dans votre propriété, madame Dorian !

— Salomon ne recevait qu'une visite de temps en temps, et toujours le même homme, se défendit Marie-Claire. J'ignore qui, d'ailleurs, c'est Médare qui a permis cet écart, à condition que les visites se fassent de nuit. Je crois qu'il s'agit d'un diplomate argentin.

— Il s'agit d'un ancien collaborateur nazi de Bauer, Hans Vanoo, qui a lui aussi échappé à la justice, intervint Armand. C'est son fils, Gunther Vanoo, qui a assassiné Hippolyte.

— Il n'aurait pas retrouvé Hippolyte si vous n'aviez pas eu l'imprudence d'aller le voir vous-même à Nialvic ! asséna Iris. Et ces gars-là ont aussi tué ma jeune amie, Hortense, en la prenant pour moi.

— Mon Dieu… murmura Marie-Claire.

Elle sortit de son lit et se dirigea vers la salle de bains d'un pas déterminé. Elle réapparut peu après vêtue de pied en cap et se dirigea vers la porte.

— Où vas-tu ? demanda Armand.

— A la police. Je vais tout expliquer et donner l'identité réelle de Hans Vanoo, cet ancien nazi en fuite. Je livrerai aussi le nom de son fils, Gunther Vanoo.

— Et que vas-tu dire, pour Bauer ? Je te rappelle qu'il est mort dans ton laboratoire.

— Je prendrai tout sur moi. Je parlerai d'un accident. Je ne veux pas vous mêler à ça.

Marie-Claire prit Armand dans ses bras. Celui-ci lui rendit son étreinte en murmurant :

— Je sais malgré tout ce que je te dois.

— Reste avec moi, je t'en supplie.

— Je veux être libre. Toi, tu as vécu prisonnière de ton nom et de ta famille toute ta vie.

— Je suis une Dorian. Je reste une Dorian. Toi aussi, que tu le veuilles ou non, tu es un Dorian. Vous avez du talent, Iris. Vous pouvez faire de belles choses. Vous pourriez œuvrer à rendre à Dorian sa gloire.

— Je ne veux pas vivre ici, dit Iris. Hippolyte n'aimerait pas que je revienne.

— Et toi, Armand ? demanda Marie-Claire, les larmes aux yeux.

— J'irai où Iris ira.

Marie-Claire s'engouffra dans l'escalier. Peu après, Iris et Armand entendirent sa voiture démarrer en trombe.

15

L'affaire fit grand bruit. Iris ne s'attendait pas à moins. L'ancien bras droit de Bauer, Hans Vanoo, fut arrêté et jugé pour les assassinats d'Hippolyte et d'Hortense, crimes dont il était le commanditaire. Son fils Gunther fut condamné à de nombreuses années de prison pour ce même double meurtre. Les deux marins qui l'accompagnaient furent arrêtés pour complicité. Un important groupe néonazi fut démantelé. Il comptait d'anciens nazis, de jeunes Allemands exaltés et d'autres militants originaires de divers pays européens.

Marie-Claire Dorian obtint le sursis pour avoir caché le colonel Bauer dans sa propriété de Grasse – elle n'était pas responsable de cette situation et s'était rendue à la justice, de ce fait elle bénéficia d'une certaine mansuétude. On attribua le décès de Bauer à une mauvaise chute et à son grand âge.

Le public se passionna pour les Fontaines de vie, dont l'existence était mal connue. Les journaux retrouvèrent des témoins. Certains, nés dans les

Fontaines de vie avant la guerre, avaient conservé des souvenirs précis. Pour la plupart, ils avaient été placés dans des familles nazies ou dans des foyers qui les destinaient aux Jeunesses hitlériennes. Iris et Armand restèrent dans l'ombre et entreprirent un grand voyage, loin de toute cette agitation, loin de Grasse et des Dorian.

Avec le recul, Iris comprenait son attirance immédiate pour Armand. Sans doute quelque chose en elle se souvenait de cet inséparable camarade du Lebensborn qu'elle avait accompagné chez les Dorian. De même, Iris analysait maintenant son goût pour les parfums, les progrès qu'elle avait faits dans son apprentissage à l'institut, sa passion du métier. Les heures qu'elle avait passées petite avec Hippolyte dans le laboratoire de la demeure de Grasse avaient laissé leur empreinte. Depuis sa plus tendre enfance, elle s'était habituée aux senteurs, aux ambiances de laboratoire, et elle comprenait maintenant pourquoi certaines odeurs lui revenaient en mémoire comme de vieilles connaissances. Ces mois aux côtés d'Hippolyte à Grasse comme les années qu'elle avait vécues auprès d'Armand à Hambourg avaient conditionné sa vie d'adulte.

Avant le voyage, Iris avait réglé un certain nombre d'affaires. Elle avait supervisé le lancement d'une nouvelle gamme de parfums féminins déclinée en eau de parfum et déodorant. Elle avait aussi commercialisé avec succès des petits flacons de senteurs légères et sucrées pour enfants. Elle avait embauché Rodolphe et deux autres chimistes de la maison Dorian. Des boutiques avaient été ouvertes à Lyon et à Toulouse. Pour les diriger, Iris avait nommé Janine à Lyon et Méline à Toulouse. La jeune Annie était devenue gérante de la parfumerie aixoise en remplacement de Sarah. Celle-ci avait remis sa démission à Iris, en la serrant dans ses bras. Celle qui avait été sa plus fervente admiratrice, son amie indéfectible, sa sœur de cœur, avait décidé de changer de vie. Elle avait rencontré un jeune homme dont elle était tombée follement amoureuse et ils voulaient s'installer ailleurs après leur mariage. Pour Iris, ce départ avait été un coup dur. Sarah était pour beaucoup dans sa réussite. Mais elle respectait son choix.

Sarah voulait monter une affaire qui serait bien à elle, elle désirait évoluer pour ne pas demeurer une subalterne. Iris l'avait comprise et ne lui en voulait pas. Elle la regrettait, Sarah lui manquait, voilà tout.

Armand et Iris achevèrent leur périple aux Etats-Unis. Ils venaient de parcourir les Grandes Plaines en automobile, empruntant les routes légendaires, ils avaient vu les paysages lunaires du Texas, de l'Arizona. Ils passaient leur dernière journée à Los Angeles en attendant leur vol pour Paris.

Main dans la main, Iris et Armand déambulaient dans les artères commerciales et ce fut presque naturellement qu'ils entrèrent dans une grande parfumerie, à l'angle du Lincoln Boulevard. Le magasin, véritable temple voué à la consommation, s'élevait sur trois étages rutilants, lumineux, bariolés de publicités visuelles et de spots. Le genre d'enseignes qui fatiguait une clientèle européenne encore peu habituée à ce gigantisme.

Iris gagna les rayons des parfums français, qui occupaient une aile d'un étage. Sa marque figurait en bonne place dans les rayons femmes, enfants et hommes. Elle caressa quelques flacons, en essaya un sur son chemisier, comme pour se le réapproprier, se reconnaître. Soudain, sa vie de parfumeuse lui manqua. Il était temps qu'elle rentre à Aix. Après deux ans d'absence, l'envie de retrouver ses flacons et ses essences la dévora. Armand devina son émoi et lui sourit en disant :

— Demain, tu seras dans ton laboratoire.

Iris s'arrêta devant le rayon Givaldie. Trois nouveaux parfums pour femmes étaient en évidence. Iris s'empara d'un flacon en forme d'étoile et le huma. Elle étouffa un cri. En tremblant, elle saisit un autre parfum et l'essaya sur un testeur. Aucun doute, elle avait devant elle des adaptations des recettes d'Hippolyte. Elle en était certaine. Elle saisit le troisième flacon, dispersa quelques gouttelettes sur sa manche : même chose. Une seule explication : les carnets d'Hippolyte étaient exploités par les établissements Givaldie. Elle s'immobilisa au milieu de l'allée, livide.

— Qu'est-ce que tu as ? lui demanda Armand avec inquiétude.

— Givaldie produit les parfums d'Hippolyte. Ils ont les carnets de mon père. Ceux dont je t'ai parlé et que l'on m'a dérobés.

— Tu n'en as pas besoin, tu sais créer par toi-même… tenta Armand sur un ton rassurant.

— Tu ne comprends pas ! s'écria Iris. Quelqu'un m'a volé tout ce qu'il me restait de mon père, de cet homme que j'aimais. Ses formules étaient siennes. Même moi, je n'ai jamais osé les reproduire telles qu'il les avait inventées, par honnêteté, par respect pour sa mémoire. Elles m'ont inspirée, c'est tout. Givaldie copie les formules d'Hippolyte.

— Où gardais-tu ces carnets ?

— Dans mon bureau du laboratoire, dans la boutique à Aix.

— Quand ont-ils été volés ?

— Pendant que j'étais à Grasse.

— Mais… qui aurait pu ?

— Peu de personnes ont accès à mon bureau. Mais j'ai ma petite idée.

Iris ne décolérait pas. Surtout, elle avait l'impression qu'on avait sali la mémoire de son père, qu'on l'avait flouée et elle ne l'acceptait pas. Elle brûlait d'impatience de retrouver Aix. Elle allait régler ses comptes.

16

Les établissements Givaldie étaient proches de l'institut de formation. Iris s'y présenta sans rendez-vous. Elle demanda à voir le directeur général, qui n'était autre qu'Antoine. Janine lui avait appris son embauche et sa progression rapide après sa démission et Iris avait été heureuse pour lui. Il s'était marié et dirigeait l'entreprise avec son oncle. Iris avait été soulagée qu'il ait pu se reconstruire et espérait que de telles responsabilités lui avaient permis de l'oublier.

L'hôtesse avait fait barrage – le directeur ne reçoit pas sans rendez-vous. Devant l'insistance et la détermination d'Iris, elle finit par empoigner son téléphone et annoncer la présence de la jeune femme à la réception.

— Antoine Givaldie vous attend, lâcha-t-elle sans un sourire.

Iris grimpa l'escalier quatre à quatre et fit irruption sans frapper dans le bureau d'Antoine, lequel leva la tête avec surprise.

— Tu es un voleur sans scrupule ! Pourquoi m'as-tu fait ça ? lança-t-elle.

Il la dévisagea, stupéfait.

— Voleur ? répéta-t-il.

— Ne fais pas l'innocent, tu as volé les carnets de mon père !

Antoine pâlit. Un nuage de colère passa sur son visage.

— Comment peux-tu m'accuser de la sorte ? Je ne sais pas de quoi tu parles !

Il posa sur Iris un regard désespéré. Celle-ci comprit qu'elle faisait fausse route.

— Tu es la dernière personne à qui j'ai envie de faire du mal, Louise. Tu as tellement compté pour moi, tu comptes encore. Je ne passe pas une journée sans me demander ce que tu fais, avec qui tu vis, avec qui tu fais l'amour...

Iris tourna la tête, confuse, émue.

— Ne m'appelle plus Louise. Je suis Iris Dorian. Mon père adoptif était Hippolyte Dorian.

— Hippolyte Dorian ? Pourquoi ne m'en as-tu jamais parlé ?

— C'est une longue histoire, et ce n'est pas la question. Mon père m'avait laissé un trésor. Des compositions de parfums dans des petits carnets reliés. Aujourd'hui, trois de ses recettes ont été utilisées par Givaldie. J'appelle ça du vol.

— Qu'est-ce que tu racontes ?

— La maison Givaldie produit des parfums conçus par mon père ! s'écria-t-elle.

Antoine se leva de son bureau, fit quelques pas et s'immobilisa, perdu dans ses pensées.

— Mon oncle est en charge de la production, dit-il enfin. Je ne m'occupe pas de la création.

— Eh bien, ton oncle copie les recettes des carnets d'Hippolyte Dorian que tu m'as volés.

— Tu me crois capable de ça ? demanda-t-il, la voix brisée. De t'avoir spoliée ?

Il la regardait avec une mine de chien battu. Elle s'approcha de lui, lui prit les mains. Il avait des larmes dans les yeux.

— Je peux tout supporter, dit-il. Ton indifférence, ton absence, ce manque qui m'a brisé, qui me brise encore… tout… mais pas tes accusations. Je t'aime trop pour te blesser. Jamais l'idée de me venger ne m'a traversé l'esprit.

— Je te crois. Il n'empêche…

— J'ai cherché l'éloignement. Dans un autre métier. Dans d'autres bras. J'ai cru t'avoir oubliée. J'ai cru en aimer une autre… Peine perdue…

Il l'attira vers lui et la serra dans ses bras. Elle se laissa faire et sentit des larmes mouiller son chemisier.

— Je ne suis pas celle que tu croyais, Antoine.

— Je me fous de ce que tu es !

— J'ai menti à tout le monde. Je ne suis pas Louise Leclerc.

— Tu me l'as dit, tu es la fille d'Hippolyte Dorian, et alors ?

— Oui et non. Je suis née dans une maternité nazie en Allemagne. Je viens de découvrir le secret de mes origines. C'est pour enquêter que je suis allée à Grasse.

— Et tu t'es bien moquée de moi, alors !

— Pas du tout. J'aurais voulu t'aimer, Antoine, j'aurais voulu.

— Tu as préféré cet Armand Dorian !

— Lui aussi est un enfant des Fontaines de vie allemandes. Nous avons été élevés ensemble pendant nos premiers mois de vie.

— Il t'aime ?

— Oui.

Antoine eut un rire forcé.

— Tu es certaine ? Je n'ai jamais apprécié son attitude avec toi. Et je l'ai vu fouiller ton bureau dans le laboratoire d'Aubagne. Il pourrait t'avoir volé ces carnets, non ?

— Tu divagues. Les carnets restaient dans mon bureau, à la boutique. A Aix. Tout le temps. Ou dans ma chambre, où tu les as vus !

— La maison Dorian, à l'agonie, n'avait pas besoin d'une concurrente comme toi ! C'est un bon mobile pour dérober les carnets ! C'est Armand, pas moi !

— Armand ne connaissait pas l'existence de ces carnets. Et s'il les avait volés, il les aurait remis à sa mère pour qu'ils profitent à leur entreprise. Certainement pas à Givaldie !

Iris fit quelques pas dans la pièce, en proie à un doute affreux. Après tout, Armand aurait pu revendre les carnets au patron de Givaldie. Mais dans quel but ? C'était absurde. Certes, Armand était entré dans le laboratoire de la boutique d'Aix, en compagnie d'Iris. Jamais il n'y était resté seul. Il n'y avait eu aucune trace de cambriolage par la suite. Elle passa une main dans ses cheveux. Ce fut alors qu'elle avisa une photo de mariage sur le bureau d'Antoine. Il était assis au côté de Sarah, qu'il serrait contre lui.

— Oh ! C'est avec Sarah que tu es marié ?

— Oui… Tu ne le savais pas ?

— Non. Depuis quand es-tu avec elle ?

— Elle a été là pour me sortir la tête de l'eau quand tu es partie à Grasse. Elle m'a sauvé. Je lui dois beaucoup. Elle m'a poussé à prendre place auprès de mon oncle chez Givaldie.

Iris sentit un soupçon l'envahir.

— Elle travaille pour Givaldie ?

— Elle est directrice générale adjointe. C'est la numéro trois, après mon oncle et moi.

— Alors j'ai compris.

Iris tourna les talons et quitta la pièce devant un Antoine éberlué. Elle longea le couloir à grandes enjambées et ne tarda pas à tomber sur le bureau de Sarah. Elle entra sans frapper.

— Louise ! s'écria Sarah. Quelle surprise !

Il y avait plus de gêne que de joie dans son exclamation. Iris attaqua sur-le-champ :

— Je m'appelle Iris. Rends-moi les carnets de mon père !

— De quoi parles-tu ?

— Tu le sais, Sarah, tu m'as trahie !

Sarah alla prestement fermer la porte du bureau.

— Comment as-tu pu me faire ça ? lança Iris. Tu avais toute ma confiance.

— Assieds-toi, s'il te plaît, lui dit Sarah d'un ton sec.

Iris ne lui connaissait pas cet air fermé, déterminé, plein d'assurance et de morgue.

— Quand je t'ai rencontrée, Louise…

— Je m'appelle Iris, Iris Dorian.

— Quand je t'ai rencontrée, tu avais déjà tout pour toi : de l'argent, du talent, tu étais belle, tu avais tout ce qui me manquait. Tout.

— Mon père avait été assassiné !

— Mon père à moi est mort quand j'étais gamine, ma mère m'a retirée de l'école dès mes quatorze ans pour que je gagne ma vie. Mon salaire aux Galeries Lafayette me permettait de subsister. Je voulais plus. J'aspirais à plus. A force d'endurer les vexations, la fatigue, les envies de luxe inassouvies, la petite vendeuse que j'étais a saisi la première perche que le destin lui tendait.

— C'était moi, cette perche, n'est-ce pas ?

— Oui. Tu as été une opportunité.

— Je comprends tellement de choses à présent : ton insistance pour que j'investisse, pour que je réussisse, pour que je reste indépendante.

— J'ai cru en toi. J'ai misé sur toi.

— Je te croyais mon amie.

— J'étais ton amie. Ne t'ai-je pas aidée ?

— Si, tu m'as aidée. Tu m'as permis de prendre confiance en moi.

— Est arrivé un moment où j'ai voulu voler de mes propres ailes.

— Tu avais une bonne situation, qu'est-ce qui te manquait ?

— Le pouvoir, l'argent. Une revanche sur la vie.

— Tu la tiens, ta revanche ?

— Oui, j'ai ce que je voulais. J'en avais assez de ramasser les miettes de ce que tu laissais derrière toi : une responsabilité par-ci, une augmentation par-là, un ordre, un contre-ordre. Je voulais les manettes.

— Antoine a été la deuxième perche dont tu t'es emparée, n'est-ce pas ?

— Antoine m'a toujours plu. Il y a quelque chose d'attachant en lui.

— Parce qu'il est fragile.

— C'est toi qui l'as brisé ! Je n'ai pas renoncé à t'arracher de son cœur et de son esprit.

— Tu l'aimes ?

Sarah hésita.

— J'aime ce qu'il représente. Et peu importe, puisque lui ne m'aime pas. Tu vois, Antoine est aussi une miette que tu m'as laissée dans ton sillage. Encore une miette. Quand tu as quitté Aix pour Grasse, il était anéanti. Je l'ai soutenu. Je lui ai prouvé qu'il pouvait vivre, plaire et être heureux. Il est le neveu de Givaldie, je l'ai poussé à le rejoindre.

— Et Givaldie n'a pas d'enfants.

— Givaldie est ma troisième perche. Il me restait à le convaincre de nous embaucher, Antoine et moi.

— Tu l'as convaincu avec les carnets de mon père, je suppose ?

— Tu supposes bien. Je les ai pris dans le tiroir de ton bureau, dans le labo de la boutique. Quand Givaldie a compris qu'il avait les recettes des parfums d'Hippolyte Dorian entre les mains, il n'a pas hésité. Tu aurais sans doute fait pareil à ma place, non ?

— Non. Je suis honnête.

— Tu n'as jamais manqué de rien.

— Ces carnets ont une valeur affective que tu ne peux imaginer.

— Je les ai brûlés.

Iris accusa le coup. Elle dévisagea Sarah, qui ne mentait pas. Elle retint un cri de fureur.

— Tu ne peux rien contre nous, reprit Sarah calmement. Les carnets d'Hippolyte ont été recopiés par Givaldie avant d'être détruits. Aucun flic, aucun avocat, aucun juge ne pourra jamais prouver que les parfums ne sont pas notre création.

— Je n'ai pas de temps à perdre en procédure judiciaire. Tu peux être rassurée. Je peux réussir sans les carnets de mon père, et je le prouverai.

— Nous en reparlerons dans quelques années…

— Nous n'en reparlerons jamais, Sarah. Nos chemins ne se croiseront plus.

— C'est mieux pour Antoine, dit cette dernière avec un petit sourire. Il cessera peut-être de t'appeler dans son sommeil.

— Il mérite mieux que toi.

Sarah se figea.

— Sors d'ici à présent, ordonna-t-elle.

Iris lui lança un dernier regard lourd de colère, de déception – et de tristesse aussi.

— Ah, au fait, ajouta Sarah. Nous avons racheté le domaine des Dorian, à Grasse, ainsi que leur parfumerie, leurs ateliers et leur laboratoire. Je compte m'y installer prochainement, à la place de cette pauvre Marie-Claire Dorian...

— Cet endroit ne te portera pas bonheur, rétorqua Iris. Adieu.

Dans le couloir, elle croisa Antoine, qui venait aux nouvelles, la mine inquiète.

— C'est ton épouse qui a volé mes carnets, lui lança-t-elle avant de quitter les lieux sans se retourner.

17

La maison Givaldie volait de succès en succès. Elle avait sorti coup sur coup cinq parfums qui avaient battu des records de vente. Son institut de formation était très prisé et les meilleurs nez de France continuaient d'y être formés.

Iris et Armand suivaient la réussite Givaldie de loin, depuis Nialvic. Ils avaient racheté le magasin d'Hippolyte et s'y étaient installés. Leurs deux enfants y grandissaient, dans le calme et l'amour. Dans ces murs, Iris retrouvait le souvenir d'Hippolyte. Elle se disait que la maison avait gardé quelque chose de sa présence, un fluide protecteur. Elle était enfin sereine. Apaisée. Elle avait retrouvé son amie Marie et tous les gens du port qui avaient peuplé son enfance.

Chaque jour, Iris travaillait à la composition de ses parfums qu'elle laissait mûrir. Elle savait que les carnets de son père n'étaient pas inépuisables et elle attendait le moment propice pour lancer de nouvelles gammes. Elle ne voulait en aucune manière être mise en concurrence avec un produit conçu par son père. Le centre d'Aubagne tournait au ralenti, produisant les parfums anciens qui se vendaient encore.

Elle sentit les premiers signes de faiblesse chez Givaldie au cours de l'année 1970. Le grand patron Givaldie venait de mourir d'une attaque cérébrale, après avoir cédé ses parts à Sarah et à Antoine. Les deux parfums qu'ils venaient de mettre sur le marché ne portaient pas la marque d'Hippolyte, Iris était formelle. Ils étaient corrects, sans plus.

Un matin, Iris dit à Armand :

— Le temps est venu de relancer notre activité.

Elle n'eut aucun mal à obtenir le soutien des journalistes et de la presse spécialisée, las des caprices et des excès de la patronne de la maison Givaldie. Sarah étalait ses aventures, se faisait photographier comme une star et ne savait pas parler de ses parfums. Elle multipliait les scandales et affichait un mépris souverain envers tous ceux qu'elle n'estimait pas de son rang. On murmurait partout qu'elle n'était pas à sa place et la réputation de l'institut déclinait. Antoine Givaldie, quant à lui, passait ses journées en mer. Il s'était pris de passion pour la voile et vivait seul, isolé, dans un port près de Grasse. Il avait quitté Sarah peu après la visite d'Iris.

Iris lança trois gammes début 1971. Un parfum pour hommes, « Cavalier », deux pour enfants, un pour fillettes, l'autre pour garçons, auxquels elle donna les prénoms respectifs de ses enfants, « Isaure » et « Tristan ». Elle choisit le nom « Eclats de lune » pour sa ligne féminine. Les ventes démarrèrent en trombe. Elle ne quitta pas Nialvic et le petit laboratoire du bord de mer, où elle sentait l'ombre protectrice de son père. Iris enchaîna coup sur coup la production de ses autres créations. Elle ne quitta jamais plus Nialvic, d'où elle dirigea la plus grande marque des années 1970, avec son bras droit : son mari, Armand Dorian, chef d'entreprise doué et habile, chargé du marketing et de la gestion.

Sarah se tua en voiture, près de Grasse, une nuit de décembre 1974, la veille de ses quarante ans. Son jeune amant, un nez de la maison Givaldie, survécut à l'accident.

Antoine disparut mystérieusement en mer. Peu après, son notaire convoqua Iris à Paris. Antoine lui léguait l'ensemble de ses parfumeries, de ses laboratoires, ainsi que l'institut Givaldie. Il lui avait laissé une lettre :

Chère Iris, cher amour, je choisis de partir, de m'effacer, dans quelque chose qui sera un oubli, ressemblant à la mort. Je pars sans héritiers. Je ne voulais pas d'enfants. Je ne voulais rien. Je te voulais, toi. Je me suis séparé de Sarah car je n'ai pas su la rendre heureuse. Elle n'était pas faite pour le bonheur, de toute façon. C'était une éternelle insatisfaite, insatiable, dévoreuse.

J'ai passé ma vie à tenter de t'oublier. En travaillant. En naviguant. En me perdant. Vainement.

Tu m'as manqué. Tu me manques encore.

Je suis passé à plusieurs reprises avec mon voilier dans le petit port où tu vis, à Nialvic. Je t'ai vue de loin. Je t'ai observée. Tu as l'air heureuse.

J'ai respiré tes parfums. Je les ai aimés. Ils sont avec moi sur le voilier.

Un après-midi, je me suis rendu devant l'école où tes enfants jouaient pendant la récréation. J'en avais les larmes aux yeux. Eux aussi, je les ai aimés, parce qu'ils sont un peu de toi.

Je te laisse tout ; Givaldie ne serait plus rien sans les carnets qui t'ont été volés. Je répare une injustice.

Je serai toujours à toi,

Antoine

Achevé d'imprimer par N.I.I.A.G.
en juin 2019

Numéro d'éditeur : 94819
Dépôt légal : juillet 2019
Imprimé en Italie